La vie en strapontin et autres nouvelles

Éric Herbette

ÉRIC HERBETTE

LA VIE EN STRAPONTIN
ET AUTRES NOUVELLES

Préface de Julien Joubert

Rivière Rouge

Éric Herbette

Ouvrage publié avec le soutien
de la Région Occitanie Pyrénées-Méditerranée

En couverture : illustration par RB
d'après une photo de Marin Tulard on Unsplash

ISBN 978-2-494119-05-5

SOMMAIRE

Préface

Lorsqu'on commence à lire un texte d'Éric Herbette, on a parfois l'impression de mettre un pied dans un monde parallèle. Un univers qui ne serait pas exactement le nôtre, mais presque. Certains disent plus loufoque, plus fantasque.
Et puis, presque aussitôt, dans le second paragraphe parfois, au détour d'une phrase ou même d'une expression, ou simplement à cause d'un mot, l'univers (nouveau !) dont on venait d'accepter les règles se modifie encore et l'on s'aperçoit qu'il est encore plus loufoque ou plus fantasque que ce que l'on s'était figuré.
On peut vivre jusqu'à cinq ou six transformations de ce genre dans un texte d'Éric Herbette. Même dans une nouvelle qui ne ferait que quelques pages !

J'ai bien conscience que ces quelques mots pourraient faire peur à qui n'aime pas perdre pied... mais ne fuyez pas, au contraire ! Éric Herbette a un secret : à force de nous laisser croire qu'il nous éloigne de la réalité, il nous la révèle. Si, si ! Le présent recueil vous le prouve : en lisant les récits qui le composent, vous ferez connaissance de Louisa, de Robert-Robert-Robert-Robert-Robert Éperdument, de Marie-Chan-Chan, de Monsieur Gustave-en-chausson, etc. Et tout doucement vous vous rendrez compte que ces personnages, vous les connaissiez déjà. Ils se cachaient plus ou moins bien dans un coin de votre tête.
Une fois que vous en serez là, il reste un tout petit jeu : les mélanger ! Et là, vous vous apercevrez que tous ces personnages réunis... c'est vous ! Oui, vous ! Et aussi votre voisin, votre amoureux, votre amoureuse, vos parents, vos enfants...

Bien entendu, nous ne sommes pas tous le résultat du même cocktail de personnages. Certains sont un peu plus Raymonde, d'autres sont plus Achille, certains se sentent clairement Mauricette alors que d'autres sont plus franchement Bubu-Déjà. Ou, peut-être Amédée Charmant avec un soupçon de Petit Charles... Et on a tous quelque chose en nous de Félicien.

En ce qui me concerne, j'ai bien du mal à définir ce qui serait mon cocktail. Dans chaque texte, j'ai tendance à m'identifier tellement à l'un des protagonistes que j'ai l'impression à la fin du volume d'être multiple...
Mais... peut-être était-ce cela, ce qu'Éric Herbette voulait nous montrer? Que chacun de nous est multiple et donc que l'humanité est infinie?
J'en frémis, j'ai peur de penser un peu trop... Le plus sage serait de relire une à une ces tendres nouvelles. Ou mieux: je vais les lire à ceux qui m'entourent. Ou non! Je vais en adapter certaines pour en faire des spectacles!...

Oui, construire, inventer, composer des spectacles à partir des textes d'Éric Herbette fait partie des choses que j'aime. J'ai le bonheur de lire et connaître ses récits depuis des années. À chaque fois, je vis un moment magique: tout d'abord, en toute confiance, je me laisse embarquer, comme si un grand-frère bienveillant me prenait par la main pour me faire découvrir le monde. Puis, aussitôt la lecture achevée, j'ai une drôle de sensation: l'impression de connaître l'histoire et ses personnages depuis des lustres. Cette sensation empire dans les jours qui suivent: parfois, j'ai le sentiment d'en avoir été l'auteur...

C'est pourquoi de temps en temps je m'octroie le droit de poser des notes de musique sur les créations d'Éric. Pour en être un peu l'auteur quand même... Ce n'est pas difficile d'adapter en œuvre musicale un texte d'Éric Herbette. Tout y est tellement léger! Même lorsque les situations sont graves ou les personnages un peu balourds, la tendresse et la légèreté ne sont jamais loin. En ce qui concerne la forme musicale, c'est un jeu d'enfant: tout est déjà composé: Ouverture, exposition, développement, réexposition, coda... Finalement, plutôt que « compositeur » c'est « traducteur » (des mots à la musique) que je devrais mettre face à mon nom sur nos pièces communes.

Et puis, c'est important, en plus du bonheur de connaître les textes d'Éric depuis longtemps, en plus du lien de création qui nous unit, j'ai un immense privilège : Éric Herbette est mon ami.
Ce n'est pas rien, un ami. C'est précieux. Certains, au cœur trop étroit, prétendent que quelque chose de précieux qu'on aime, on doit le garder pour soi...
Mais Éric Herbette est un ami particulier. Exceptionnel. C'est un écrivain. Or, un écrivain qui écrit avec une telle générosité, est un écrivain que l'on se doit de partager. Fût-il un ami précieux.

Alors rien ne me fait plus plaisir que d'introduire par ces quelques mots maladroits ce recueil merveilleux. Heureux sont ceux d'entre vous qui découvriront là un écrivain sensible et bienveillant. Heureux sont ceux qui - connaissant déjà la prose d'Éric Herbette - se délecteront comme moi à lire cet auteur inépuisable et bienfaisant.

Profitez ! Lisez, rêvez, découvrez, laissez-vous aller...
Tournez la page, nous sommes entre amis.

Julien Joubert
Compositeur

Louisa cinq centimètres au-dessus du sol

Les enfants de Louisa étaient partis vite de la maison. Pressés par qui, pour où et pour quoi faire ? Elle ne pouvait le dire.
Leur départ lui avait laissé un goût d'inachevé qui ne l'avait jamais quittée.
Son mari, lui, s'était littéralement terminé en queue de poisson. Encore une chose inexplicable.

Ce ne sont pas ces drames muets qui l'avaient changée mais un petit évènement, secret, anodin, celui d'avoir raté, le jour du retour d'un astronaute sur terre, sa béchamel !
Depuis, elle se trouvait dans l'indécis à cinq centimètres au-dessus du sol.

Ce matin-là, le boulanger, qui lui servit sa demi-baguette, lui dit : *« Madame Louisa, vous êtes formidable, qu'il pleuve ou qu'il y ait de la boue dehors vous ne marquez jamais le carrelage ! Des clients légers comme vous, qui ne salissent pas, on en redemande ! »*
Louisa cinq centimètres au-dessus du sol rougit et le remercia de son compliment.

Mais dans la rue elle fut très triste de ne pas « marquer ». Elle s'assit sur un banc, émietta sa baguette aux pigeons et sa mélancolie au vent. Cela lui prit un certain temps évidemment.

En rentrant, dans les escaliers qui la menaient chez elle et à sa solitude, elle se sentit s'élever de cinq ou six centimètres, quand elle passa sous la porte elle faillit se cogner en haut du chambranle. Vite, elle referma, se précipita dans la cuisine, enfonça six kilos de farine, deux litres de lait, du poivre, du sel et des noix de muscade dans les poches de son manteau. Ainsi lestée, elle ne reprit pas d'altitude. Mais quand elle pénétra dans son salon, elle se vit presque décoller. De peur d'être coincée au plafond comme un de ses ballons d'hélium qu'elle avait vus au supermarché, elle courut le plus rapidement possible se cacher dans l'armoire en chêne de sa chambre.

C'est ce qu'elle avait toujours fait depuis qu'elle était petite : se cacher quand elle avait peur ou qu'elle était triste.

Parfois, elle y allait quand elle se sentait heureuse aussi, car elle ne voulait pas que quelqu'un vienne lui gâcher la vie, comme elle disait.

Lorsque Louisa eut repris ses esprits, elle se dit qu'elle devenait peut-être folle. C'est vrai, à part dans les légendes, on n'avait jamais réellement vu quelqu'un voler.

Elle se sentait bien tout de même dans cette armoire qu'elle tenait de sa mère qui la tenait elle-même de sa grand-mère et ainsi de suite.

À l'abri, elle sourit et se souvint de sa copine d'enfance Bernadette. Elle l'aimait bien. Bernadette disait qu'on s'habillait avec les mots, il suffisait de parler pour qu'une robe, un pantalon, un chandail, un chapeau ne vienne faire son œuvre et ainsi on pouvait sortir de chez soi chaque fois avec une histoire nouvelle !

Elle en avait plein une boîte, de mots. Certains étaient rangés dans des papiers de chocolat, c'était les plus précieux. Elle lui en donna un : salicorne. Bernadette lui dit que lorsqu'on mettait ce mot à son oreille, on entendait la mer. Et puis un jour Bernadette partit parce que son papa devait monter dans une entreprise qui grossissait, qui devenait si énorme qu'elle avait des tentacules aux quatre coins de la planète. Bernadette avait peur pour son papa, car cette chose à multiples pattes munies de cerveaux divers et avariées à leurs extrémités ressemblait furieusement à une pieuvre géantissime !

Louisa se demanda comment elle avait pu oublier son amie, comment il se faisait qu'autant de portes ne se ferment au fur et à mesure que la vie avance et bang ! Elle se cogna la tête contre l'étagère du haut de l'armoire !

Non, je ne vole pas se dit-elle c'est simplement que j'ai voulu déplier mes jambes.

Elle retint le flot de son esprit un bon moment, puis il se remit à couler pour la déposer sur la rive de l'âge de ses six ans, le jour de la rentrée des classes. La maîtresse, Madame Lundi, était belle et souriante. En fin d'après-midi on apprit « Colchique dans les prés ». Quand les enfants chantèrent : « C'est la fin de l'été », un immense chagrin lui serra le cœur, c'était comme un adieu qu'elle ne pourrait jamais faire.

On sent cela très bien quand on est petit.

Heureusement, pendant qu'elle boudait son goûter, le chat de la voisine sauta sur ses genoux en ronronnant. Louisa cinq centimètres au-dessus du sol, contente, le caressa paisiblement et mangea sa tartine de confiture en reléguant « Nuages dans le ciel s'étirent, s'étirent » au fin fond de sa toute jeune mémoire…

Cependant, il arrivait en automne que le parfum des feuilles mortes lui soutire un soupir inexpliqué.

Puis, elle revit sa mère, un monde de silence et de présence. Elle au moins elle marquait et sans rien dire !

Louisa cinq centimètres au-dessus du sol percevait souvent dans les yeux de sa maman un long corridor de lumière, mais elle ne savait pas où il débouchait, ce qui la rendait maussade ainsi que le temps.

La chaleur qui avait envahi l'armoire, fit sa cachette tranquille, moelleuse et Louisa se laissa dormir.

Un jour un de ses enfants eut la bonne idée d'aller voir ce que devenait sa mère. Dans l'appartement, il ne trouva personne, il fouilla, rien ne parut étrange, à part une chose : il découvrit dans le bas de l'armoire de la chambre un manteau en boule et dans ses poches, six kilos de farine, deux litres de lait, du poivre, du sel, des noix de muscade.
On lança un appel et au bout de quelques mois et de nuits d'insomnies on conclut à une disparition mystérieuse.

Après bien des années l'appartement fut vendu, les enfants de Louisa cinq centimètres au-dessus du sol disparurent aussi et ce fut tout.

Robert-Robert-Robert-Robert-Robert Éperdument

Robert-Robert-Robert-Robert-Robert Éperdument habitait la chambrette d'un immeuble charmant et toujours le même costume bien trop petit pour lui. Il l'avait reçu à ses quinze ans, il y a quinze ans. Ce qui n'empêchait pas Robert-Robert-Robert-Robert-Robert Éperdument d'être tiré à quatre épingles. Le seul inconvénient était que l'hiver le froid lui mordait méchamment les chevilles, les poignets et le cou.

Tout le monde l'appréciait dans sa rue. D'une humeur constamment joyeuse il ne manquait jamais d'adresser un petit mot à ceux qu'il croisait.

Le matin :

Il portait le sac trop lourd de Madame Vaillance. Ce qui était curieux avec lui, c'est que dès qu'il prenait le cabas rempli à ras bord, il devenait aussi léger qu'un sac de plumes. Madame Vaillance parfois, laissait aussi ses courses à la sortie de l'épicerie et Robert s'en chargeait comme si de rien n'était.

Il jouait aux billes avec l'Affreux Jojo qu'il laissait gagner à tous les coups.

Il ouvrait la porte des pompes funèbres et faisait un pied de nez à Gaston le croque-mort. Gaston riait de bon cœur à cette blague que Robert-Robert-Robert-Robert-Robert Éperdument faisait depuis vingt ans.

Il souriait à la libraire qui était toujours devant sa boutique en train de lire.

Il achetait à la boulangère un petit pain au lait qu'il dégustait en marchant. Les oiseaux picoraient les miettes qu'il laissait tomber généreusement à son pas.

Il ne manquait jamais de demander à Monsieur et Madame Germinet des nouvelles de leur santé. C'était un couple un peu rassis et surtout grincheux. Leur mesquinerie n'avait aucune prise sur Robert-Robert-Robert-Robert-Robert Éperdument. Il ne les voyait tout simplement pas.

Il s'extasiait immanquablement chez la fleuriste qu'il remerciait de se donner tant de mal pour embellir ainsi la rue.

Et il rentrait chez lui. Ce qu'il y faisait, nul ne le savait. D'ailleurs personne ne se souciait de savoir s'il avait un quelconque souci. Pourquoi s'inquiéter des gens qui font du bien ? Aimeraient-ils seulement ?

En fin d'après-midi il s'asseyait au café, on aimait lui tenir compagnie bien qu'il parlât peu. Sa présence, rue du départ, était apaisante. Il arrivait même qu'on fît venir de la famille pour le montrer. Madame Vaillance fit rester à ses côtés (une journée entière) une lointaine cousine atteinte d'angoisse circulairement circulaire et constante. Elle repartit guérie, c'est du moins ce qu'elle dit.

Avec Robert-Robert-Robert-Robert-Robert Éperdument le temps suivait son cours paisiblement dans la rue. Il en était le trésor.

Comme on voulut que cela ne s'ébruite pas on décida en conseil local et citoyen durable de ne plus en parler à l'extérieur. On fit poser un sens interdit à chaque bout de la rue. On posa aussi une banderole sur laquelle était inscrit : espace en quarantaine pour cause de mal inexpliqué et pour une durée illimitée. On posa des chicanes chicanantes.

Au début les gens des alentours firent un détour et des commentaires pleins de compassion. Certains espéraient tout de même, aux tréfonds de leurs âmes, qu'il y aurait quelques morts. Cela donnerait un sujet de conversation et d'indignation éternel, qui pourrait même se transmettre de génération en génération. La rumeur enfla ainsi que ceux qui la colportaient et gagna les autres arrondissements, la périphérie, les esprits vachards, inquiets, pratiques et expéditifs. Cela tourna les têtes des plus vindicatifs.

Il fut décidé par le groupuscule du bus de l'Homme Tombé, de mener une expédition punitive! Ils trouvèrent même dans le couple Germinet chargé de la surveillance de nuit des sens interdits un allié sûr. Les vieux rassis informèrent le groupuscule du bus de L'homme Tombé des rondes qu'ils faisaient. Profitant de leur demi-heure d'absence, les membres du groupuscule scièrent les poteaux des panneaux. Il s'ensuivit le déferlement de la circulation longtemps arrêtée. Le bruit des moteurs chauffés à blanc fut assourdissant, des klaxons exubérants déchirèrent la nuit, les phares jaunes des voitures inondèrent les façades des immeubles. Dans le vacarme émergèrent les voix des hommes du groupuscule du bus de l'Homme Tombé, des insultes fusèrent comme: *« Robert-Robert-Robert-Robert-Robert Éperdument est le mal, nous devons nous en débarrasser… dehors l'esprit maléfique, chassons-le! »*

Puis d'un seul coup le silence se fit. Comme une dernière scorie, on entendit encore une cavalcade échevelée et puis plus rien.

Les habitants qui avaient très peur que ne revienne une nouvelle vague restèrent calfeutrés chez eux jusqu'au matin.

Suite à cette nuit d'agitation Robert-Robert-Robert-Robert-Robert Éperdument ne réapparut plus. On frappa à sa porte, aucune réponse ne se fit entendre. On crut alors qu'il était parti pour une autre rue, un boulevard, une ruelle, une impasse, une venelle, une sente. On les fouilla à bours et à rebours plusieurs fois, mais en vain. Certains pensaient sans oser le dire vraiment qu'il était peut-être mort. Mais la disparition quelle qu'elle fut ne lui ressemblait pas, tout le monde était d'accord sur ce point! On manda un serrurier: l'habitation était vide. C'est à peine s'il y avait des murs et un plancher! Une odeur d'huile d'amande douce flottait légèrement.

Cependant la tristesse installa son campement. La niaiserie fit son apparition sous les réverbères et, plus bête encore, la méchanceté monta telle une crue jusqu'aux tuiles des maisons… On s'invectivait pour n'importe quelle raison, on se trouvait moches les uns les autres, on était suspicieux de tout et de rien, on n'était jamais au repos.

Et un matin, il réapparut, il tenait sa tête en ses bras, comme le font les Saints dans certains tableaux, il alla s'asseoir au café, la posa sur ses genoux et comme à son habitude commanda un café.

Gaston le croque-mort prit un siège à côté de lui, sagement, lui peigna une mèche rebelle et Rober-Robert-Robert-Robert-Robert Éperdument lui sourit aimablement…

La paix était revenue dans la rue, tranquillement, déterminée, elle s'écoulait.

Marie-Chan-Chan

Chez Marie-Chan-Chan, ça sentait la soupe aux poireaux et l'eau de javel, la soupe aux poireaux, l'eau de javel et les idées rassies.
Elle n'était pas acariâtre comme l'était sa voisine Joséphine Berton qui ressemblait plus à un sarment de vigne qu'à un être humain.
Les idées rassies de Marie-Chan-Chan étaient en fait usées, comme si on n'en voyait que la trame râpée à l'instar d'un vieux tissu.
La quarantaine de Marie-Chan-Chan l'avait tassée. Elle avait un visage ingrat qui faisait penser à la tête d'un ces poissons des profondeurs, une baudroie abyssale.
Mais dans le quartier les gens l'aimaient bien. Elle devait cette affection à ses petits sourires, à sa discrétion et surtout aux décorations de Noël qu'elle faisait fleurir dans son jardin et sur la façade de sa maison. Elle se disait en plaisantant : *« Marie-Chan-Chan tu as la main verte ! »*

Quand elle regardait sa voisine balayer sa cour avec énergie, fermer sa porte avec nervosité, tirer ses rideaux le soir avec colère, hurler avec fureur après les gens qui faisaient du bruit un peu tard, elle se disait que la méchanceté conservait, mais que la bonté, comme celle de sa grande tante qui vécut cent trente ans, aussi. Les deux extrêmes avaient donc le même effet !
Mais elle, se demandait-elle, *voulait-elle vivre longtemps et pour quoi faire ?*

Oh, certes elle avait bien des plaisirs et la liste pouvait se révéler longue.
Mais est-ce que ces menus contentements mis bout à bout faisaient une vie ?
Elle voyait bien que la réponse se dévoilait négative et molle.

Marie-Chan-Chan avait sa conscience pour elle.
Elle n'avait rien à se reprocher.
Elle n'avait jamais vraiment menti.
Elle ne s'était jamais crue mieux qu'un autre ou qu'une autre.
Elle ne s'était jamais montrée rancunière.
Bon, elle était parfois distraite, maladroite, surtout au travail, mais jamais il n'y en eut de graves conséquences. Il lui arrivait de renverser sa tasse à café sur les papiers des collègues. Régulièrement elle mettait le photocopieur en panne. Elle avait éraflé un certain nombre de voitures en se garant sur le parking de l'entreprise, ce qui lui valut, comme le directeur général, d'avoir une place attitrée, que personne n'osait prendre de peur de déclencher un nouvel accrochage.

Quand le cafard la prenait par le bras, il la promenait sur les berges de la rivière, la faisait s'arrêter dans des bars où elle buvait un double cognac d'un trait. Puis, l'abandonnant à un comptoir, Marie-Chan-Chan rentrait chez elle un peu pompette et regardait des séries à n'en plus finir tout en mangeant du chocolat au lait et aux noisettes de mauvaise qualité, acheté dans un supermarché aux prix cassés. Heureusement, elle ne prenait jamais de poids.

Marie-Chan-Chan avait eu un amour. Au moment des préparatifs des fiançailles son amoureux, un émotif et un incertain, se noya littéralement dans un verre d'eau. Les secouristes lui firent un bouche-à-bouche, un massage cardiaque mais rien n'y fit. On l'enterra avec son costume de futur époux. *Voilà,* lui dit sa mère sans réfléchir et pleine de chagrin, *il a préféré se marier avec la mort !*
Elle se sentit coupable et se jura de ne plus essayer de passer la

bague au doigt à quiconque de peur que le doigt ne lui reste dans les mains. C'est du moins ce qu'elle voyait dans un rêve récurrent qui la faisait frissonner toute la journée qui s'ensuivait.
Quand elle y pensait vraiment elle riait de sa naïveté et de sa superstition poisseuse.
Mais l'amour ne revint pas frapper à sa porte. C'est ainsi.

Ce qu'il faut dire aussi c'est que Marie-Chan-Chan était là depuis toujours.
Elle savait qui habitait à la place de qui, qui était parti, qui était revenu, mais qui cela pouvait-il intéresser ? Personne.
Elle était donc là depuis toujours et elle pressentait qu'elle s'effacerait progressivement. D'abord les contours puis un jour plus rien se disait-elle. Ce lent effacement ne l'effrayait nullement.
Cependant, même si elle ne nourrissait aucune crainte de l'oubli qui se saisirait d'elle et des autres dans le quartier, elle pensait qu'il lui manquait quelque chose. Mais quoi ?

Un matin, elle vit se poser dans le jardin un merle à la patte cassée. La voir pliée au milieu, un peu pendante lui fendit le cœur. Elle s'approcha doucement de l'oiseau pour l'aider. Mais il s'envola sur une branche et la regarda de côté avec un air comique. Marie-Chan-Chan lui siffla ce qu'elle croyait être le chant du merle : truidid fu fu… ihihi…
Et le merle amusé lui répondit. Elle recommença et de nouveau le merle chanta, une conversation d'au moins cinq minutes s'engagea. Des enfants qui revenaient de l'école s'arrêtèrent pour les regarder faire.

Quand il partit d'abord sur le toit de la maison d'en face, puis plus loin pour disparaître totalement, Marie-Chan-Chan était joyeuse. Jamais elle n'avait reçu plus beau cadeau se dit-elle.
Plusieurs fois de suite, il revint et la joie était toujours au rendez-vous.
Puis hélas, l'oiseau ne réapparut plus. Marie-Chan-Chan, attristée, pensa qu'un chat l'avait dévoré.

Quelques semaines s'étaient passées quand le merle se posa de nouveau dans le jardin… il n'était plus seul. L'oiseau boiteux lui présentait son petit et ce fut un véritable concert de : truidid fu fu… ihihi…
Au bout d'un moment Marie-Chan-Chan comprit que le merle était venu lui faire ses adieux. Et elle connut ce qu'est la joie mêlée de tristesse. « *Va, va, pars* » lui dit-elle.

Un mois plus tard, un urbaniste promoteur débarqua dans le quartier, le maire lui avait confié les clefs de la ville pour qu'il la rende plus belle. Il commença par faire un rond-point, puis aménagea les trottoirs, fit tomber quelques maisons, posa des panneaux, gribouilla le sol avec des injonctions, posa des barrières, pourrit totalement l'environnement de signes… *Pourquoi faut-il que les hommes laissent coûte que coûte les marques de leur passage ?* se demanda Marie-Chan-Chan.
Alors, elle prépara sa valise, posa la clef de sa maison sur la table de la cuisine et prit celle des champs avec une immense joie qui la suivit comme une ombre lumineuse !

Truidid fu fu… ihihi… truidid fu fu… ihihi… truidid fu fu… ihihi… faisait sa voiture cabossée en quittant son quartier défiguré.

Le conférencier hypothétique

Serge après des semaines passées dans son lit entre ses draps et des pensées oiseuses se leva enfin. Il avait une idée qui le faisait tenir debout.
Il dut d'abord s'habituer à la verticalité, car sa tête tournait plus vite que la terre.
Il quittait donc la peau de l'homme horizontal pour prendre celle de l'homme vertical.
Sa dépression esthétique avec en son centre une forte pression, telle que l'avait nommée le docteur Louis, s'était dissipée comme elle était venue.
Serge pensa qu'il s'avérait bien inutile, parfois, de chercher les causes de quoi que ce soit et qu'on n'en connaissait bien que les effets… et encore.

Bref, il descendit son café puis les escaliers quatre à quatre vers sa nouvelle vie.
Son envie impérieuse était de parler avec Monsieur Gustave-en-chausson qui avait l'habitude de faire le tour du quartier avec son chien Nanan, un animal diabétique, aveugle et sourd qui semblait perpétuellement sourire.
Mais, hélas, il ne le trouva pas.
Déprimé, Serge rentra chez lui, se glissa dans ses draps froissés et se dit qu'il avait fait un faux départ, puis il ajouta les larmes aux bords des yeux : il existe aussi de fausses arrivées.

Il resta alité un mois et demi et l'idée qu'il avait eue revint avec force et entrain. De nouveau il passa de la verticalité à la rue où cette fois-ci, se trouvait bien Monsieur Gustave-en-chausson qui faisait uriner Nanan sur le pied d'un réverbère déjà très rouillé par la pisse de dizaines de générations de chiens, aujourd'hui disparues.

Serge s'approcha de Gustave (il faut préciser que c'était un être petit et mesquin) et lui adressa un bonjour franc et cordial. Monsieur Gustave-en-chausson lui demanda ce que lui valait ce salut.

Serge lui répondit qu'il allait bientôt faire une conférence mais qu'il n'en avait pas encore déterminé le thème. Il restait néanmoins convaincu que c'était une bonne idée. Bon, certes, il hésitait entre :

- *Les méfaits des idées reçues dans les boîtes aux lettres.*
- *Les méfaits intellectuels de la cerise sur le gâteau en guise de conclusion.*
- *Les méfaits du devoir accompli.*
- *Les méfaits de la logique en toute chose.*
- *Ou encore les méfaits de la corde raide.*

Tandis que Nanan levait la patte sur le pantalon de Serge et qu'il se soulageait avec un délice non dissimulé, Gustave lui rétorqua : « *Comment peut-on imaginer soliloquer sur des sujets aussi négatifs. Non, c'est du P.O.S.I.T.I.F que les gens attendent et ils ont tellement raison ! Ne perdez pas votre temps à être contre, gagnez-en à être pour. Autrement c'est de la crotte ! À bon entendeur bien le bonjour* » et il tourna les talons avec Nanan.

Serge, la jambe mouillée, rentra chez lui découragé.

Quelques jours plus tard Serge revint voir Gustave et lui annonça qu'il avait bien réfléchi, que ses objections avaient porté leurs fruits. Il allait donner une conférence plus dynamique, emportant ainsi l'enthousiasme des participants. Car il voulait au tréfonds de lui-même que l'auditoire sorte de son exposé fort et confiant dans l'avenir. Il souhaitait donc rendre service aux êtres

humains et peut-être par-là, obtenir une certaine notoriété, dont il ferait bon usage.
Cependant, il n'avait pas encore tranché et il lui soumettait sa liste :
- *Pour le coup de foudre.*
- *Pour les couloirs du temps à temps perdu.*
- *Pour être connu.*
- *Pour le bon sens au coin de chez vous.*
- *Pour se sentir mieux.*
- *Pour un oui et pour un non.*
- *Pour le retour de l'écriture gothique dans les actes notariés.*

Monsieur Gustave-en-chausson se dressa le plus haut possible sur la pointe des pieds afin d'atteindre le menton de Serge et lui susurra : « *Tout le monde est pour, qui est vraiment contre, vous enfoncez des portes ouvertes, et à force de les ouvrir comme vous le faites, c'est un vrai courant d'air dans votre caboche ! Ce que vous proposez là est encore de la crotte !*
Sachez-le, la vérité est ailleurs, l'erreur est ici ! »

Et il partit avec Nanan qui, pendant que Serge égrenait sa liste, en avait profité pour lui mâchouiller le bout des chaussures.

Serge rentra chez lui le moral et les souliers rongés.

La vie coula ou plutôt flotta pour Serge encore quelques semaines. Il erra de parc, en jardin, de librairie en café où il restait muet des heures entières sans rien acheter ni commander.

Puis enfin, il retourna auprès de Monsieur Gustave-en-chausson et lui dit fermement : « *J'ai trouvé Monsieur et vous ne pourrez rien m'opposer ! Il n'y a que les questions qui vaillent la peine d'être posées. Il existe des réponses sans questions et des questions sans réponses. Moi, je propose de vivre en se posant des questions plutôt que de vivre dans un monde de réponses sans questions. Donc le titre de ma conférence sera : « Une question après l'autre qu'en pensez-vous ? » C'est positif et dynamique.*

« *Abscons, abscons, abscons,* lui répondit Gustave en lui sautant à la gorge, *entendez-moi bien,* lui cria-t-il dans les oreilles, *ce que veulent les gens c'est qu'on leur parle de la pluie et du beau temps ! Le reste c'est de la crotte !* »
« *Mais je suis conférencier, moi* » s'insurgea Serge.
« *Conférencier hypothétique, Monsieur hypothétique* » lui balança comme un coup de poing dans l'estomac Monsieur Gustave-en-chausson.

Et il partit avec Nanan qui avait souri à Serge pendant tout l'échange.
Mais cette fois-ci, la discussion n'avait pas dépité Serge. Le sourire du chien diabétique, sourd et aveugle l'avait éclairci. Il savait enfin de quoi il allait parler, de quoi serait faite sa prise de parole !

Serge loua la salle un lundi soir, Félicité, la gérante de l'établissement lui fit une réduction.
Elle s'excusa par avance de ne pouvoir assister à cette communication qui avait l'air des plus passionnantes car elle avait un dîner en ville. Elle ne pouvait pas non plus lui ouvrir les portes, elle se devait corps et âme l'après-midi à une lointaine filleule totalement désordonnée dans son savoir être. Elle lui indiqua qu'il trouverait les clefs de la salle dans la boîte aux lettres et que pour éteindre ou allumer les lumières, il suffisait de taper dans ses mains. Félicité lui souhaita toute réussite à une telle entreprise et prit congé.

Le grand jour arriva. Serge avait apposé des affiches chez tous les commerçants du quartier et s'attendait, à ce qu'on lui avait répondu, à la venue de nombreux auditeurs.

Mais hélas, Monsieur Gustave-en-chausson était tout seul dans la salle, il était assis au premier rang. Lorsque Serge commença sa conférence par : « *La pluie et le beau temps un sujet éternel pour…* » Monsieur Gaston, en larmes, se leva d'un bond et cria : « *Il n'y a qu'une chose intéressante, une seule question : la mort, la mort ! Vous entendez, la mort !* » Et il sortit en claquant la porte.

Serge attendit un moment que le calme revînt, regarda la totalité des sièges vides, claqua des mains et la lumière s'éteignit sur lui pour toujours.

Boulevard marin

Raymonde…

Raymonde devait s'en aller, c'était inscrit depuis des siècles, mais elle ne l'avait su qu'hier dans la gare d'où partent et arrivent les trains et les solitudes.
À 19 heures 45 précises. Elle l'avait entendu dans l'annonce faite aux voyageurs : *« Demain vous passerez le pas de la porte de votre maison pour la dernière fois et c'est très bien. »*
Après le criaillement du haut-parleur, elle s'attendit à une foule en panique, en joie, en interrogation, en exclamation, en point, en deux points virgule, en trois petits points de suspension. Mais rien !
Pour en être sûre elle scruta les huit mille sept cent quatre-vingt-douze visages qui étaient là dans le hall. Ils étaient comme à leur habitude roulant on ne sait quelles pensées à vide.
Alors elle comprit que ce message lui était personnellement destiné, elle en fut très touchée.

Ce matin-là, donc, dans sa cuisine Raymonde grignota une petite madeleine et le temps qui la séparait de son départ. Puis elle prit une bonne douche. Elle s'habilla, rangea quelques affaires ainsi que quelques idées dans sa valise, elle tourna les talons et la page de son appartement vétuste.
Raymonde avait besoin d'oubli.
En descendant l'escalier en colimaçon, elle serra sa valise contre sa poitrine, se serra contre le mur écaillé pour laisser passer le vieux

monsieur muet du quatrième étage. Elle crut qu'il ne l'avait pas vue, car, quand il la croisait, il lui adressait toujours un petit signe amical. Elle craignit d'être devenue invisible et de regretter un jour ce qu'elle quittait.

Dans l'entrée de l'immeuble elle fut rassurée par les enfants de Madame Duval qui lui demandèrent où elle allait, vêtue en printemps alors que dehors c'était l'hiver, qu'il neigeait et qu'ils se préparaient à faire un bonhomme de neige. Elle répondit qu'elle ne le savait pas. Mais que cela n'avait aucune importance et qu'elle ne regrettait rien. Les gamins pouffèrent de rire en rentrant chez eux pour s'équiper.

Sur le trottoir elle vit qu'il faisait beau, le vent chargé du parfum des tilleuls en fleurs la saisit et elle marcha dans le printemps en faisant bien attention de ne pas écraser sur le trottoir une herbe fraîche qui tentait de pousser entre les failles du bitume. Un peu étourdie par l'air elle s'assit dans un petit parc. En le contemplant, elle se dit qu'elle devrait retourner chez elle chercher son géranium pour le planter au milieu du massif de primevères… elle en profiterait aussi pour prendre quelques photos d'elle et de ses parents.

Quand Raymonde arriva à la hauteur de sa rue, elle ne la trouva pas… elle avait disparu ! Les immeubles qui dessinaient l'angle s'étaient collés l'un à l'autre. C'est vrai, sourit-elle, le géranium est bien où il est, quant à sa mère elle se rappelait très bien qu'elle avait blanchi un jour d'un coup en se penchant au balcon et que vingt heures après elle s'était totalement desséchée.
Son père, lui, s'était évaporé un soir la laissant seule dans l'appartement…
Hors du temps, elle était incapable de dire combien de temps il avait mis pour passer.

Il arrivait que l'oncle Éole vînt lui rendre visite. C'était un drôle d'homme très drôle. Il disait qu'il était magicien et c'était vrai. Éole était capable de faire apparaître des œufs brouillés dans une poêle, une soupe dans une casserole, des pâtes fraîches dans une passoire, un millefeuille dans son assiette. Il pouvait aussi raconter

des choses extraordinaires pour la faire rire ! Par exemple que les chiens ne parlaient pas, qu'ils discutaient par mimiques ou gestes de la queue, que les formes que prenaient les nuages étaient des rêves, qu'on avait des fruits, des habits, des chaussures en donnant à des gens qui possédaient des boutiques des morceaux de papiers, ou qu'on tendait un hiéroglyphe, ou une puce pour les avoir. Pour l'appartement qu'elle habitait, il devait procéder à un virement de gauche à droite.
Pour faire le clown, il levait les yeux au ciel, toussait, se grattait le front comme si cela lui causait du souci.

Une fois pour l'amuser, pendant une semaine Raymonde découpa en secret, dans du papier brouillon, ce qu'il appelait des billets. Elle en produisit tellement que l'appartement en fut plein et que lorsque l'oncle Éole entra et qu'il ouvrit les fenêtres pour respirer un peu, tout l'argent s'envola dans le ciel, c'était vraiment beau à voir ! En faisant semblant, bien sûr il la gronda en lui disant avec de grands moulinets désordonnés qu'on ne pouvait remplir une maison de papiers, que cela pourrait se révéler dangereux. À le voir, c'était très très rigolo.

Un soir, elle vit courir par la fenêtre des hommes après un autre, ils criaillaient. Elle demanda à Éole qui venait de sortir de son manteau une salade verte, ce qui se passait. Il lui expliqua que c'était des gendarmes qui poursuivaient un voleur et qu'à ce qu'il comprenait, il avait volé le portrait d'une dame. Que le voleur risquait bien de se faire rattraper et de se retrouver derrière des barreaux. Elle trouva son oncle comique avec cette idée de mettre quelqu'un derrière des barreaux parce qu'il avait pris le portrait d'une femme.

Un jour ou plutôt en quelques jours Raymonde apprit qu'elle avait grandi. Comment le sut-elle ? C'était simple pour elle. Elle n'avait plus envie de funambuler sur la toiture d'en face avec sa chèvre jouant du tambour.
Encore moins d'inviter au bal de son château des princes et des

reines qui se goinfraient de gâteaux à la crème et qui dansaient comme des pieds… Tout ça au frais de la princesse.

Les histoires que l'oncle Éole lui racontait ne l'intéressaient plus, elle trouvait même qu'il rabâchait. Il se voulait drôle, mais qu'y a-t-il de rigolo (malgré tous ses efforts pour être comique) à dire par exemple que des gens se déguisaient, parlaient à des tribunes de tout un tas énorme de choses pour être ensuite promenés dans une voiture, entourés de motos et de micros ? Il parlait de corbeaux prêts à tout pour raser des moutons, et que ces pauvres bêtes ne bronchaient pas. Non, Raymonde ne goûtait plus ce conte répété des centaines de fois.

Sans disserter sur ses tours de passe-passe qui faisaient apparaître des œufs en neige ou des œufs en cocotte, sa dernière passion ! L'oncle Éole était voué à la folie douce. C'était certain, aussi certain que ses chaussures étaient devenues trop petites.

Il y avait aussi que Boucle d'Or venait de moins en moins la voir à son coucher.

Elle n'éprouvait plus le besoin de rabattre une de ses oreilles contre ses tempes pour entendre, la tête bien calée dans l'oreiller, le bruit de l'océan. Ses longues promenades sous la mer, les cimetières marins, les rivières de sable, le chant des sirènes, les harmoniques des algues s'étaient estompés.

On ne lui fêtait plus son anniversaire chaque jour de la semaine et c'était fâcheux.

Elle se crut obligée de remettre son prochain voyage sur la Lune et une lettre pour en informer son oncle, qu'il n'ouvrit pas d'ailleurs.

Le loup des « Trois petits cochons » s'était mis aussi de la partie, elle l'avait vu tout aplati entre les deux pages d'un vieux livre corné.

La nappe de la table évitait désormais d'être un lac.

Enfin pour finir, l'oncle Éole cessa de venir.

Comme elle avait grandi, c'était le moment de trouver un travail. C'est lui qui la trouva en réalité. Le professeur Le Rond

D'Alambic qu'elle rencontra en tombant dessus parce qu'elle avait dérapé sur une idée fâcheuse lui demanda de lui raconter son histoire. Comme elle avait poussé sans affection, sans culture, avec de soi-disant apparitions d'un oncle hypothétique éolien, le professeur se dit que le cas ne devait pas être unique. Le travail de Raymonde consistait à sillonner les rues, entrer dans les cours d'immeubles, prendre l'ascenseur (ce qu'elle aimait beaucoup, surtout la musique qu'elle y entendait) se mêler aux foules, aux groupes afin de reconnaître les personnes qui avaient vécu comme elle. Il arrivait qu'elle n'en trouvât pas pendant des semaines. Puis qu'elle en capturât dix d'un coup !
Le professeur était heureux de ces moissons ; un jour il publierait une étude exceptionnelle qui le rendrait si célèbre qu'il pourrait se retirer à la campagne manger des glaces à l'eau.
Elle devait aussi tenir une sorte de journal, écrire ce qu'elle avait pensé dans la journée. Certains jours, c'était le vide. Elle avait beau se forcer, il ne lui venait rien, alors elle comblait la page blanche par des histoires. Ce sont ces lignes affabulées que le professeur Le Rond d'Alambic préférait. Et puis il se rendit compte que c'était de pures inventions. Il se mit à réfléchir sur ce qu'était l'imagination et la conclusion fut que l'imagination n'existait qu'à la condition exclusive de l'existence d'un être capable d'imagination. Et aussi, en supra leçon, que l'imagination créait de nouveaux habits avec de vieux chiffons.

Les deux immeubles joints maintenant par un destin commun la regardèrent de toutes leurs fenêtres ébahies. Elle s'amusa à l'idée que si elle rencontrait un professeur comme le professeur Le Rond D'Alambic elle serait pour lui la patiente zéro du phénomène de la disparition de sa rue d'enfance. Un tramway passa et le cliquetis des roues sur les rails chantonna : *« À quoi bon rêvais-tu ? À quoi bon rêvais-tu ? »* Elle ne comprit pas cette phrase et se dit que si elle avait eu à ses côtés les deux professeurs et son oncle Éole, ils lui en auraient certainement expliqué le sens, parce qu'eux savaient. Sur ce, elle partit à l'opposé du petit parc, qu'elle voyait dans son esprit disparaître dans l'épaisse mousse millénaire des sous-bois. Elle descendit ce qui était devenu un boulevard maritime avec sa valise à la main, comme une reine.

Elle posa son regard et sa valise, elle venait de gagner la mer, un peu de repos et l'horizon. Elle respira à fond. Elle se souvint qu'elle était née dans la soupière qui décorait le buffet de la petite salle à manger. Avant elle, il n'existait rien ou pas grand-chose. Pour commencer elle créa sa mère et son père. Elle les trouva souvent instables, peu fiables. C'est pourquoi elle résolut de faire en sorte qu'ils soient plus prévisibles. Elle les façonna grâce à de la pâte à modeler. D'ailleurs c'est elle aussi qui inventa la pâte à modeler. Tout du moins c'est elle qui la trouva lors d'une fouille dans un des tiroirs de sa petite commode qui était en réalité une armoire à trésors. Elle seule en connaissait vraiment la richesse. Par contre tout le monde avait goûté, au moment de la sirène du mercredi, le mets délicieux qu'elle cuisinait au fond du placard du couloir: *« Je compte pas pour du beurre »*. Chacun après l'avoir mangé s'évanouissait. C'était la confirmation qu'elle était bien l'enchantement. Enchantement qu'elle renouvelait tous les matins. Car avec elle, une casserole n'était pas une casserole, le soleil n'était pas un soleil, un mot n'était pas un mot… et ce n'était pas vain.
C'est ainsi qu'elle raisonnait assise sur sa valise, face à la mer. Elle ajouta qu'elle pouvait très bien être née dans cette valise.

Lui…

Le ciel tomba sur la terre.
Un peu comme lui, sans fracas.
C'était bien le matin.

Dans les brumes de son esprit stagnait l'image d'un long bâtiment multicolore. Couleurs qui voulaient lutter contre la tristesse qui en suait.

Il ne se rappelait pas comment il était arrivé ici. Il avait le vague souvenir d'avoir pris trois pommes d'or dans un jardin de bohème et un vol pour « *Là* » comme il était inscrit sur le panneau d'affichage de l'aéroport de Prague. Ici était donc là : cette chambre d'hôtel.
Elle était modeste et lui plaisait bien. Elle lui procurait un sentiment d'intimité qu'il n'avait pas connu depuis longtemps. Il croqua les trois pommes dans son lit et glissa les trognons sous l'oreiller.

Il rasa sa barbe, les murs, emprunta une rue, un journal et les manières du quartier.
Par une fenêtre entrouverte il entendit un employé faire chanter son patron et son oiseau.
Une petite dame ronde voulut lui parler, il ne passa pas par-dessus, en dessous, à travers les mots mais entre les mots qu'elle avait commencé à débiter à la vitesse d'une crue. Elle causait de la côte qu'il fallait qu'elle grimpe avec ses sacs de courses pleins à craquer et ça tous les jours. Un éternel recommencement pour des mômes qui prenaient à peine le temps de manger ce qu'elle avait préparé. En somme elle était bien fatiguée.
Pendant ce temps, il gardait trace dans son esprit d'avoir été contrarié par des gens et un sombre ennui éternel. Il y avait surtout un type qui lui répétait sans cesse : « *Tu cherches ta tombe, hein, tu cherches ta tombe, à la tombe, à la tombe.* » Il se dit qu'il avait peut-être pris l'avion pour la trouver et rit aussitôt de cette idée farfelue.

Il ne savait pas comment il s'appelait et passant devant une boutique dont l'enseigne affichait fièrement : « *Le Caboulot d'Achille* », il décida de se nommer, si on le lui demandait : Achille Caboulot. Voilà c'était fait !
Content, il s'assit à la terrasse d'un café et plongea dans les faits divers du journal. Il s'agissait plutôt d'un fait de mer. La tête d'un poisson enveloppée dans la publicité de la page centrale du jour-

nal réclamait ses arêtes. C'était une affaire sordide et puante. Achille écœuré roula en boule le journal qu'il jeta dans le caniveau. Le loufiat apporta le café qui se révéla amer et aussi peu buvable que le serveur avec sa tête en biais. Il paya, se leva et oublia aussitôt ce qui venait de se passer en partant à l'aveugle.

Le ciel se peupla de boules de coton noir. Il marcha sans penser à rien. Il goûtait ce repos de l'âme qui consiste à ne pas se parler.
Soudain une petite voix l'appela. Il la connaissait, bien qu'il ne l'eût jamais entendue. Il rentra à l'intérieur de lui-même, il y faisait très sombre. Il perdit l'équilibre et en même temps sa montre.
La petite voix dit : *« Est-ce que mon but dans l'existence est uniquement d'être en vie ? Tout ce qui vient s'ajouter autour ne serait-il pas là pour me distraire, me soulager du silence qui règne en réalité ? »*
Achille, en se relevant, eut envie de hurler, d'attraper cette petite peste et de lui tordre le cou ! Mais l'impression de perdre son visage fut la plus forte. Un décharnement irrémédiable alors qu'il était privé du souvenir exact de sa figure.
Puis il y eut tant de bleu dans le ciel, que rien de plus beau ne pouvait exister. Achille planta son regard dans ce bleu qui envahissait tout jusqu'aux herbes. Un homme s'arrêta bovinement à son côté et à sa fin d'être là, lui glissa à l'oreille qu'il ne fallait pas rester :
« Voyez la foule autour de vous, elle va, elle sait. »
Achille se fondit dans les hommes : il allait, sans montre.

C'était une ruelle sinueuse dont personne ne remontait le courant. Tous étaient entraînés vers une immense place. Il était bien difficile de savoir si c'était dangereux. En tout cas les gens n'avaient pas l'air d'avoir peur.
Et si quelqu'un disait une chose absurde, que se passerait-il se demanda-t-il ? Y'aurait-il un mouvement de panique, ou rien, ou assassinerait-on tout simplement, en silence, celui qui avait parlé ?
Arrivés sur la place, les gens s'égaillèrent en tous sens. Il resta seul. Quand il ressentit son étrangeté, il se fit fébrile. Soudain un

vertige le prit, il s'adossa à un réverbère. On le crut ivre, on l'évitait. Il tenta de se souvenir de son nom, de sa chambre d'hôtel, de l'aéroport, tout s'émiettait. Une dame en cheveux vint lui dire qu'elle voyait sa faiblesse, elle lui proposa de l'accompagner un peu, la peur de dire non, lui fit dire oui. Mais il se révéla incapable de marcher, elle lui demanda quelle année on était. La petite voix, cette peste, lui répondit que cela n'avait aucune importance, seuls quelques événements rares venaient ponctuer la vie, entre, c'était pur remplissage. Tout était voué à disparaître dans le présent. La femme en cheveux sourit et s'en alla. Achille cracha plusieurs fois pour extirper la voix qui avait répondu. Au bout de quelques crachats, il y parvint et la vit agoniser sur le sol comme un poisson qui manque d'air. Bien fait pensa-t-il !

Achille, alors tranquille, scruta la place, il commençait à bien l'aimer avec ses arcades abritant des boutiques et des restaurants. Il s'approcha de la statue équestre qui trônait au milieu. C'était une sculpture du Prince Louis. Il décida de s'appeler Louis le Prince. Il se dit qu'avoir une identité était assez simple : il fallait tout bonnement ouvrir les yeux. Il se dit aussi que les gens se fichaient de qui on était.

Il voulut tout de même savoir dans quelle ville il se trouvait. Mais il se ravisa en pensant que là ou ailleurs n'avait aucune importance puisqu'il pouvait aller et venir librement.

Il entra quand même dans une boutique. Le boutiquier était sans contours et poreux jusqu'à la nausée. Pour distraire cette désagréable sensation, Achille-Louis fit semblant de s'intéresser aux marchandises. Il n'y avait là que des fruits dont il avait oublié le nom. Certes il aurait pu lire les étiquettes, mais il n'en avait pas envie, il se sentait trop énervé, au bord de l'étouffement.

Une petite fille entra, il en profita pour sortir en courant.

Au bout d'un moment il s'arrêta, reprit haleine, secoua sa main et ses pensées. Tout était dégagé devant lui. Il marcha paisiblement jusqu'à la fin du boulevard maritime.

Là, il vit une femme assise sur sa valise face à la mer qui réfléchissait d'une drôle de manière, mais cette façon ne lui était nullement étrangère, au contraire.

Eux deux…

Achille-Louis avança un mot, un seul et d'un petit pas vers elle. Elle se leva, abandonna le silence qu'elle gardait et qui l'avait gardée.

Il but ses paroles,
Il but la mer,
Ils marchèrent le long de la plage,
Ils marchèrent à tout propos… ils se perdirent.

Ils coupèrent la lumière de la lampe de chevet,
Leur esprit ne fit qu'un,
Ils s'endormirent.

Et c'est bien ainsi.

Des nouvelles de Bubu-Déjà ?

Quand Mauricette se leva du lit, elle ne remarqua pas que son mari Bubu-Déjà n'y était pas. Comme à son habitude, elle descendit les escaliers pour commencer l'ouverture du café. Elle mit en route le percolateur, sortit un morceau de pain, du beurre, du jambon, un peu de fromage, décrocha les volets de bois et les barres de fer qui empêchaient toute intrusion la nuit et elle appela Bubu-Déjà.

Comme il ne répondait pas, elle monta voir ce que faisait ce grand fainéant. Mais Bubu-Déjà n'était pas là !

Comment se faisait-il qu'il soit parti alors que tout était fermé du dedans ?

Elle monta néanmoins au grenier pour voir si la lucarne était ouverte. Non, le cadenas lui verrouillait bien la gueule.

« *Ha, le sagouin,* s'exclame-elle, *il a trouvé un moyen de partir sans que je m'en aperçoive !* » Puis après une louche de silence aussi épaisse que la crème fraîche de Georges le fromager, elle s'écria : « *Et si ça se trouve, c'est pas la première évasion. Je me demande bien quelles explications il trouvera en revenant !* »

Prise d'une rage soudaine, du grenier elle fondit à la cave. Là, elle déplaça tous les casiers à bouteilles pour voir s'il n'y avait pas, un trou, un soupirail, une petite porte, un tunnel qui menait au-dehors ! Non, rien de rien et sa fureur refroidit… devint cendre… un frisson la secoua et elle se dit que Bubu-Déjà, était bien plus malin qu'elle ne le pensait. « *Mais pourquoi me faire cela à moi qui l'aime tant ?* » se demanda-t-elle. Non elle ne méritait pas un tel traitement, s'il n'était pas content d'elle, de quelque chose, il pouvait lui en parler, ils s'arrangeraient. N'avait-elle pas toujours montré de la bonne volonté ? Certes elle avait pris quelques kilos, des habitudes et…, mais ce n'était pas une raison tout de même. Parce que Bubu-Déjà était son amour, il ne fallait pas que ça change ! Ha, il allait voir ce qu'il allait voir !

Puis elle se remémora par le menu toute la journée de la veille.

Il avait fait des petits sourires à la jeune de la poste, mais c'était par gentillesse.

Il avait aussi offert un coup à boire à Carine la grande sauterelle du bazar. Cependant, mal fichue, mal fagotée comme elle l'était, c'était difficile que Bubu-Déjà ait des vues. Non, non…

Mais il y avait Madame Guyon, la bibliothécaire. Qu'est-ce qu'elle avait de plus qu'elle. Une femme est une femme un point c'est tout. C'est pas le froufroutant de sa robe, la main délicatement posée sur la table, les phrases bien faites, le « regardez-moi si je suis jolie en buvant mon thé» qui prouve qu'on est capable d'amour.

Le *« ho hé »* d'un client la sortit de ses pensées, elle remonta et se mit derrière le bar pour le servir. C'était ce grand dadais de Jacques. Il était né ici. Il n'avait rien fait de sa vie, et la vie rien de lui. Jacques passait chaque matin à l'ouverture prendre un café arrosé d'un calva et partait ensuite pour son boulot à la mairie, où il était chargé d'entretenir les espaces verts.

À midi, pendant le marché, le café fut plein à ras bord, Mauricette ne savait plus où donner de la tête, mais avec courage, elle réussit à servir tout le monde sans que personne n'ait rien à redire.

Vers la fin de l'après-midi, il se mit à pleuvoir, la salle était déserte, elle pouvait enfin reposer ses jambes qui avaient enflé pendant tout le service. Elle sortit de dessous l'évier, une bassine

qu'elle remplit des glaçons de l'apéro et y plongea ses pieds. Dieu que cela faisait mal, mais Dieu que cela faisait du bien quand même.
Georges le fromager entra et lui dit que ce n'était pas un temps à mettre le nez dehors. Mauricette mécontente d'être dérangée lui rétorqua : « *Surtout le tien, vu la taille qu'il a !* » Il ne releva pas, alla s'asseoir à la table du fond et commanda une bière sans faux col. Quand Mauricette lui apporta sa commande, elle l'entendit marmonner sournoisement sous son énorme truffe : « *Pas de nouvelles de Bubu-Déjà ?* »
Le sang de Mauricette ne fit qu'un tour tout comme Georges, qu'elle jeta dehors en lui interdisant de revenir !

Les heures avant la fermeture n'en finirent pas… bon sang il fallait se cogner ces types, qui au bout de quelques verres, avaient un avis sur tout et tout y passait : le gouvernement, la fraude fiscale, la société de la surveillance, les femmes, les ordures ménagères, les journalistes, les médecins, les déchets spatiaux, la vie du petit Robert, les exigences du maire…

Quand les derniers quittèrent leurs verres pour être avalés par la nuit et leurs ombres, Mauricette sortit les poubelles, mit le lave-vaisselle en route, passa la serpillière par terre, posa les volets de bois et les barres de fer et s'octroya un petit verre de Sauternes.

Épuisée, elle monta les escaliers comme si chaque marche était une montagne à gravir.
Fourbue, énervée, déçue, Mauricette fit une toilette sommaire, passa sa chemise de nuit, fit un nœud à son col ainsi qu'à son avenir, se glissa sous l'édredon, éteignit la lumière et se mit à gamberger une nouvelle fois…

Au bout d'une heure, elle sentit que quelque chose changeait dans l'air, un parfum qu'elle connaissait bien, puis il y eut comme un petit craquement sur le parquet…

Mauricette ferma les yeux. Elle devait le faire quand ils se préparaient à s'aimer.
Bubu-Déjà s'assit à côté d'elle sur le lit. Mauricette sourit en sentant le matelas légèrement s'incurver. Bubu lui dit qu'il l'avait toujours aimée. Que chaque jour qui avait fait sa vie, depuis qu'il l'avait rencontrée, était ce qu'il avait vécu de plus heureux. Elle était une chance pour lui. Il aimait tout chez elle, même sa mauvaise humeur.
Mais maintenant il fallait qu'elle l'oublie, que c'était ce qu'il voulait d'elle, pour elle, en elle…

Et cette nuit-là, Mauricette pleura dans le noir de sa chambre pendant des heures, jusqu'au matin.

Le lendemain, ce grand dadais de Jacques trouva la porte du café close. Il était écrit dessus à la craie : fermé pour cause de deuil.

À hauteur d'enfant. 1
(Comment je suis né)

(Je dédie cette petite histoire aux papas et aux mamans qui se sont un jour aimés tendrement.)

Comment suis-je né ? Je vais vous le raconter.

Mon papa quand il se levait le matin choisissait quel métier il allait faire dans la journée. Il le décidait toujours après avoir avalé la dernière goutte de son café qu'il buvait très sucré. Il fut tour à tour :
- Vendeur de parapluie dans le désert,
- Livreur d'arc-en-ciel à des gens tristes,
- Testeur de lit sous Louis XIV,
- Berger de nuages sauvages,
- Guetteur d'anniversaire,
- Et jongleur d'alphabet au Moyen Âge.

Mon papa était donc rarement au chômage. Les jours fériés il n'oubliait jamais de se reposer en regardant par la fenêtre les nuages peupler le ciel de figures fantastiques.

Pour ma maman c'était beaucoup plus sérieux, elle avait été :
- Aviatrice,
- Agent secret aux yeux de tout le monde,

- Exploratrice en pataphysique,
- Spationaute, elle rapporta de ses voyages plusieurs anneaux de Saturne.
- Chercheuse en bulles de savons savantes,
- Poétesse,
- Pilote de course,
- Éleveuse de dictionnaires pour dromadaires débonnaires,
- Et nez pour les parfums.

Ma maman ne s'arrêtait jamais une minute, encore moins les jours fériés !

Vous me direz donc qu'ils n'étaient pas faits pour se rencontrer et, saperlipopette, vous avez raison ! Et pourtant !

Un soir, alors que mon père descendait d'un tramway triste qu'il n'avait pas réussi à consoler, et qu'il avait très mal aux pieds, il entra dans un magasin de chaussures comme on entre dans une histoire. Ma mère qui était poursuivie par des bandits américains d'Hollywood sortit en trombe de la réserve, le bouscula si violemment qu'en chutant au sol il entraîna avec lui une pile de boîtes à chaussures, ce qui empêcha les gangsters de l'attraper… C'est ainsi qu'il vit ma mère pour la première fois de dos et qui s'enfuyait à toutes jambes. Il en tomba tout de suite amoureux.

Dans un élan de joie et pour dédommager la vendeuse, il acheta tout un troupeau de pointures différentes qu'il ramena chez lui à la queue leu leu. Les passants étaient amusés de voir une bande de souliers le suivre sur le trottoir comme le font les oies avec leur maman.

Quant à la mienne elle avait trouvé refuge dans un train qui fonçait à toute vapeur dans un épais brouillard. Bien qu'elle fût gelée jusqu'aux os et qu'elle ne sût pas à quelle gare elle allait arriver, elle était heureuse d'avoir échappé aux terribles mafieux.

Mon père cette nuit-là ne put fermer l'œil qu'au petit matin. Il avait fallu d'abord raconter des histoires aux chaussures pour qu'elles se rassurent ; les bottes de sept lieues, le soulier de vair de Cendrillon, les sandales d'Hermès, les sabots d'Hélène qui étaient tout crottés, les chaussons qu'on met au pied du sapin de Noël, car depuis leur arrivée, elles n'avaient pas cessé de marcher de long en large dans l'appartement, ce qui avait poussé les voisins à taper au plafond et aux murs mitoyens... Boum, boum, boum... puis le calme enfin revenu, allongé sur le canapé, il se mit à rêver de ma mère. Comment allait-il faire pour la retrouver ? Ce n'était qu'une silhouette comme on en trouve dans les théâtres de papier.

Ma maman qui ne pensait nullement à mon papa endormi sur son canapé descendit d'un tableau de Claude Monet de la gare Saint-Lazare. Elle avait changé de train et d'époque pour échapper aux gangsters américains et se sentait soulagée. En paix, elle se rendit à un concert. Elle aimait par-dessus tout : le divin Mozart.

Mon père après avoir bu sa tasse de café sucré décida qu'il était gardien en chef de la tour Eiffel. Il pensait que du haut de celle-ci, il verrait tout Paris, ses environs et plus encore. Heu, jusqu'à la mer ! Armé de jumelles, de longues-vues, d'un minitélescope, d'une casquette à visière, d'un détecteur d'ombres fugaces, d'un parapluie paratonnerre, il s'installa au dernier étage.

Mon père scrutait l'horizon, sa tête tournait sur elle-même comme celles des chouettes, son regard suivait le cours de la Seine, fouillait les berges, sondait un bateau-mouche, s'envolait au balcon d'un immeuble, passait sous un pont, s'accrochait aux vitres d'un bus... cela allait si vite qu'il en avait presque mal au cœur, son détecteur lui indiqua une silhouette qui rasait les murs. Pour gagner un peu de hauteur il grimpa sur l'antenne qui coiffe

la vieille dame et de là, sur la pointe des pieds, que vit-il ? Ma mère ? Non, non, non.
C'était une licorne qui avait pris une pause de deux heures de son manège de bois pour faire le tour du quartier qu'elle ne connaissait pas. Trente ans qu'elle était là à amuser les enfants sans savoir où ils habitaient vraiment. D'ailleurs certains gamins revenaient aujourd'hui avec leurs petits.

Quand ma mère en sortant du concert vit mon père tout en haut de la tour Eiffel, elle le trouva très beau, très original et amusant. Aussitôt elle eut le coup de foudre, lui au même moment l'aperçut et braoum, un éclair comme dans les orages illumina le ciel. La foudre s'abattit sur le parapluie paratonnerre de mon père qui perdit l'équilibre et zuiiiiiiiiipe, il tomba. Heureusement que le pépin était ouvert… néanmoins il arriva si vite au sol qu'il se foula la cheville, la douleur fut si intense qu'il s'évanouit. Dans les pommes mon papa ! De braves pompiers l'embarquèrent illico dans leur ambulance. Pin-pon, pin-pon, pin-pon t'es pas foutu, pin-pon, pin-pon, pin-pon t'es pas foutu, pin-pon, pin-pon, pin-pon dégagez la rue.

Quand ma pauvre maman arriva au pied de la tour, il avait disparu. Ah c'est certain cet hurluberlu avait bien fait peur à tout le monde, surtout au grand directeur général qui portait trois casquettes sur la tête, car il était responsable de la montée à pied du monument, de la descente ainsi que de l'ascenseur. Nan ! Elle ne devait, jamais, jamais plus lui en parler ! Il voulait oublier l'évènement au plus vite. Zou ! Et s'il avait un conseil à lui donner : C'ÉTAIT DE NE PAS S'APPROCHER D'UN TEL INDIVIDU AU RISQUE DE GRAVES ENNUIS À VIE ! EFFETS INDÉSIRABLES GARANTIS !
Ma mère pensait les gens moins, comment dirais-je ? Moins boudeurs !
Et elle partit le cœur chagrin…

Pendant ce temps-là, mon père qui s'était réveillé dans l'estafette « gyrophonante », ouvrit les portières et, à la grande stupeur des pompiers, sauta sur le trottoir, aïe, aïe, aïe. Pin-pon, pin-pon, pin-pon t'es pas foutu, pin-pon, pin-pon t'es pas foutu, pin-pon, pin-pon, pin-pon on l'a perdu dans la rue.
À cloche-pied il s'engouffra dans une bouche de métro pour rejoindre au plus vite le théâtre d'où il avait vu ma mère sortir. Mais il était fermé.
Quand il rentra chez lui, les chaussures étaient bien rangées dans l'entrée. Elles le trouvèrent très triste sur une jambe et lui chantèrent, pour le consoler, *« La complainte de la vieille godasse »* :

Padi, padam… rien ne me lasse… Padi, padam… rien ne me lasse.

Oh, que je traîne
Dans la bouillasse,
Sur de belles places
Je suis une reine.
Padi, padam… rien ne me lasse… Padi, padam… rien ne me lasse.

À la fin de la chanson, il esquissa un sourire poli et alla se coucher. Il dormit deux jours d'affilée, au matin du troisième il fut réveillé par de violents coups donnés à sa porte. Boum, boum, boum, il n'eut pas le temps de se lever que son appartement était envahi de gens portant les chaussures qu'il avait achetées à la boutique. Chacun voulait donner des nouvelles de ma mère, l'une l'avait vue en sirène entourée d'hippocampes blagueurs dans l'aquarium de La Rochelle, l'autre en Marie-Antoinette dans les jardins de Versailles, celle-ci en guide de la maison de Jules Verne à Amiens, tout le monde parlait en même temps, une véritable cacophonie !

Puis, satisfaits d'eux-mêmes, ils repartirent, chacun ayant trouvé chaussure à son pied. Et si, par hasard, vous croisez des personnes heureuses des souliers qu'elles portent, sachez que c'est grâce à mon père et ma mère.

Alors que mon père roupillait à tout va (il ronfle un peu), ma mère, elle, n'avait pas perdu son temps pendant ces deux jours, ça non !
Elle avait visité tous les hôpitaux de France et de Navarre de la cave au grenier, de la cheminée aux égouts. Il n'y avait aucune trace de mon cher papa. Elle était émerveillée, enchantée de savoir que nul ne savait où il se trouvait ! Pour elle c'était un gage d'originalité, de discrétion et surtout de poésie.

Après le départ de la foule de son appartement, mon papa but son café sucré mais à la dernière goutte, il n'avait goût à rien, il se décida tout de même à être comédien sur les places de marchés, ainsi il aurait peut-être l'occasion, si le destin le voulait bien, de voir maman achetant ses légumes, c'est possible, non ?

Il mit une cape, un faux nez, une plume à son chapeau pour plus de panache et il s'installa sur un petit tréteau. Mais il n'eut pas le temps de dire un mot qu'une fanfare d'étudiants fantaisistes en substantifique moelle sortit de je ne sais où et l'entraîna à vive allure dans le marché.

C'était comme carnaval ! On avait juché mon père sur un énorme hélicon ! À un moment il croisa ma mère, oui, tenez-vous bien, ma mère ! Il cria : *« C'est elle, c'est elle ! C'est moi, c'est moi ! »*
Tous entonnèrent : *« C'est lui, c'est elle, c'est elle, c'est lui cuicui, cuicui on a des ailes ! »*
Ce qui fit beaucoup rire ma maman. Bien qu'elle trouvât que le comédien avec sa cape et son faux nez ressemblait à mon père elle continua son chemin en pensant que mon papa était bien extraordinaire puisqu'il demeurait introuvable et donc mystérieux.

Dans un virage pris à toute berzingue par la fabuleuse fanfare, mon petit papa fut expulsé du pavillon de l'hélicon et se retrouva le derrière dans un étal de pommes de terre nouvelles. Tandis que les gens se fendaient la poire, la cerise, la pêche, la comprenette, c'est comme vous voulez.

Soudain, une violente pluie s'abattit sur toute la ville, forçant chacun à trouver refuge ici et là. Sauf mon père qui, heureux d'être arrosé par cette pluie venue du ciel, pensait à ma jolie maman qu'il venait de croiser.
Ma mère, elle, fut happée par une vieille dame à chats musiciens qui l'installa au milieu des gamelles de croquettes. Puis elle leva les bras et fit jouer et chanter ses matous, miaou, miaou, miaou miaou ! Je crois que ma maman était un peu distraite par la pensée de mon papa.

Enfin un arc-en-ciel apparut et chacun put ressortir. Comme tout était devenu beau, brillant, lavé ! Les gens semblaient heureux. On respirait un nouveau monde. Cette joie, comme chacun le sait arrive plutôt le matin, un jour d'anniversaire, lors d'une grande fête ou quand on vient de comprendre quelque chose le soir, mais là, en début d'après-midi, en plein milieu d'une semaine, il y avait bien quelque chose d'exceptionnel !

Mon papa, trempé jusqu'aux os, la mine réjouie, les fesses dans les pommes de terre nouvelles, se leva et d'un pied alerte gagna une boutique d'habits. L'enseigne indiquait « *Tout me va et c'est pas peu dire !* » Bon, il entra et se nippa, non on dit s'habilla, d'une chemise blanche trop grande, d'un nœud flasque autour du cou, d'un gilet sombre, d'une veste noire et d'un pantalon trop serré. Laissant ses habits de théâtre mouillés dans la cabine, il sortit sous les applaudissements de la patronne et de son vendeur. Il avait tout à fait la tête d'un poète romantique et maudit comme il se doit. Pour s'en donner encore plus la consistance, il se mit les cheveux en bataille et prit un air tourmenté.

Un chien jaune et bleu qui passait par là s'enfuit en courant, en hurlant à la mort houhouhou. Mon père l'appela pour le consoler, mais il avait déjà disparu au coin de la rue!

Pour ma mère, c'était plus terre à terre, le concert des chats lui avait donné une faim de loup! Elle s'engouffra dans une pâtisserie salon de thé, aussi jolie qu'une gravure anglaise. Please, elle s'assit près de la fenêtre et commanda tout ce qu'il y avait de bon, Thank you! Une farandole de petits sablés, de brioches au sucre, d'éclairs au chocolat apparut. Ils étaient really à croquer, hum, hum, very hum et elle accompagnait chaque bouchée d'une petite lichette de thé au jasmin, tout en fredonnant…

Mon papounet, lui, en sortant de la boutique d'habits « *Tout me va et c'est pas peu dire* », prit le tramway, le même qu'au début. Vous vous souvenez, celui qu'il n'avait pas réussi à consoler. Mais cette fois-ci, il était plutôt gai et il chantait à tue-tête sur ses rails tintinnabulant… « *Le bonheur est dans le pré, cours-y vite!* »

Ma mamounette quitta le salon de pâtisserie aussi légère qu'un oiseau et pourtant ce qu'elle avait englouti aurait suffi à endormir deux biches romancières, quatre cochons poètes et six vaches trilingues… Décidément ces recherches lui plaisaient bien. Elle ne trouvait rien à redire au menu, surtout pas! En se recoiffant dans la vitrine d'une librairie, elle vit mon papa passer dans le tramway qui semblait s'emballer.

Ma mère courut pour rattraper le tram, vite, vite très vite. Mais elle ne pouvait vraiment pas s'en rapprocher. Quand il s'arrêta, mon père en descendit tout joyeux, mais il se prit les pieds dans les rails, trébucha et se mit à aller vers l'avant tout droit, vers, vers le canal, il cria: « *Je ne sais pas nager!* » C'était terrible et banal. Ma maman longea alors la berge à toute allure, le talon de sa chaussure cassa sous l'effort, elle fut, elle aussi entraînée vers l'avant, ils avançaient tous les deux l'un vers l'autre, à la vitesse des comètes, le choc allait être horrible, une catapatastrophe, c'est sûr il n'allait plus rien rester autour d'eux, la mort des dinosaures ne serait rien à côté, le soleil cacha ses yeux pour ne pas voir, les nuages par peur se massèrent dans un coin de ciel, le temps n'osant plus bouger se posa sur le toit des maisons, l'eau se figea, le vent se réfugia dans une cave, les passants retinrent leur respiration, le silence enfin retrouvé passa triomphalement devant les voitures, les camions, les bus à l'arrêt et les marteaux-piqueurs, c'était la fin du monde ou, ou, ou, ou, ah, ah, ah tout simplement le début d'un autre et boum aïe, aïe, aïe, ils se heurtèrent dans un grand éclat de rire et patatras ils s'écroulèrent à terre, le souffle coupé… Ouf ! Ils étaient tout simplement heureux !

Voilà comment je suis né !

Là-bas

Il peut sortir, lui. Mais voilà, il ne veut pas parce que là-bas il y a un mur qui l'empêche d'aller, dit-il. C'est une image. Sacré type, pas drôle après tout. Il prend des conversations pour ne pas y aller, des chemins qui mènent ailleurs, ailleurs, ailleurs toujours ailleurs.
Mais s'il pouvait y aller, il pourrait nous rapporter des bonbons, des paroles sensées, parce que ce qu'on entend ici n'est en rien sensé. À l'intérieur c'est le chaos qui règne.

Il existe une zone tampon où rien ne peut lui arriver. Je m'en souviens très bien. Et s'il n'a pas envie de passer par elle, il peut prendre un raccourci, une petite passerelle de béton qui l'enjambe. C'est pourtant simple.

Là-bas, il pourrait être normal, observer sans trop observer, recueillir tous les éléments (en plus des bonbons et des conversations sensées), les choses du quotidien (en petite quantité) afin de ne pas éveiller de soupçons et revenir nous apporter ce qui est réel. Un tas de questions se pose au sujet du réel. Et grâce à tout ce qu'il aura pu chaparder (le mot est un peu fort), nous, enfin je pourrai me livrer à une étude approfondie fondée sur des catégories strictes telles que paroles, gestes, objets, impressions du dehors. Tandis qu'ici, là où je suis, il n'y a rien de tangible sur quoi je puisse m'appuyer pour oser tenter dire qu'il existe quoique ce soit de ferme, à part justement ce manque de concret, qui lui, est un casse-tête.

Ce que je sais c'est que l'étude m'a toujours été bénéfique.

Hier, il m'a promis qu'il irait aujourd'hui.
Mais avant-hier il m'avait promis qu'il irait hier.
Et avant-hier ainsi de suite…
Une fois, il a bien failli y aller pour de bon.
Je lui avais fait une clef de bras et l'avais mené jusqu'à la sortie.
Mais il a tellement crié (comme un cochon qu'on traîne à l'abattoir) que j'ai été obligé de le lâcher à quelques centimètres du pas de la porte.

Je ne sais plus si la police s'en est mêlée après coup.

Je ne l'ai pas revu de la semaine entière.
Il a fallu, pour que je regagne sa confiance, faire moult singeries et petites pitreries pendant quinze jours.
Je me suis trouvé veule.
Mais ça ne regarde que moi évidemment.

Même si je ne reconnais pas mon visage, je sais que c'est le mien, bien que je ne l'aime pas parce que je ne m'y reconnais pas.
C'est une parenthèse dans ce que j'ai à dire.

Ce bougre s'intéresse à si peu. Dans ma situation c'est ce qui m'aurait été le plus utile : qu'il s'intéresse. Bien plus utile que de regarder en arrière comme je le fais. C'est épuisant et je n'y trouve que de l'absence.
Je suis certain que là-bas se niche une réponse, simple, précise.
Car là-bas rien n'est stérile. Quand bien même cela le serait, que ça ne le serait pas.
Mais peut-il seulement comprendre ?

Il manque tellement de curiosité !

Pour l'appâter, je lui ai dit qu'il pourrait par exemple aller jouer aux courses, parier son sort sur un cheval et ensuite me rapporter le ticket.
Il a haussé les épaules quand je lui ai tendu mon porte-monnaie. Je crois qu'il n'a pas compris que c'est une représentation de la vie. Il y a des gagnants, des perdants et que seuls comptent ceux qui gagnent pour eux-mêmes et les autres et surtout qu'il pourrait en faire partie.

Je sais que je le rends nerveux. Mais lui, sait-il à quel point il fait culminer mon anxiété ? Non, il s'en fiche ! Même pas ! Il est totalement inhumain. C'est vrai, quand on vous demande un service, normalement vous faites passer votre intérêt après. C'est naturel. On ne peut pas vivre que pour soi. Je le dis et nul besoin d'éducation pour le penser.

Après qu'il ait dédaigné ma proposition de se rendre aux courses, je lui ai fait miroiter la possibilité de voir un match de foot. Je lui ai expliqué que c'était comme une pièce de théâtre et qu'en s'y rendant il faisait d'une pierre deux coups en voyant s'affronter, dans un espace clos et dans un temps limité, des forces surnaturelles. Qu'il y ferait l'expérience de la résolution d'une situation même si elle n'est que temporaire.
Rien n'y a fait !
Il me désespère totalement.
Je ne dirais pas qu'il le fait exprès, mais il y met du sien.

Bon sang, ça y est, ils ont fermé les portes !
Ce soir j'irai encore me coucher sans savoir.
Peut-être demain.

Amédée Charmant

Amédée Charmant, assis dans son fauteuil Voltaire, son énorme livre sur les genoux, répondit en souriant : *« Je crois aux vents et aux étoiles de dehors… »*

Il y a six mois, trois semaines, un an, Amédée était incapable de s'en souvenir, il s'était trompé de page dans son bouquin (c'est ainsi qu'il avait formulé la chose) mais ne s'en était aperçu qu'une dizaine de chapitres plus loin.

Lorsqu'il s'en rendit compte, il essaya de revenir en arrière mais deux pages restèrent collées. C'est de là que vient mon erreur conclut-il. Il tenta de les séparer à l'aide d'un coupe-papier mais en vain. Il vérifia la numération au cas où l'imprimeur aurait commis une malfaçon ou que ces deux pages se soient glissées là par hasard, non, tout était dans l'ordre.

À partir de là, Amédée essaya de reprendre sa lecture plusieurs fois au début, en espérant que les deux pages s'ouvriraient naturellement, rien n'y faisait. Il crut à une intention cachée de l'auteur. Puis il aborda le récit dans le désordre ou encore par la fin, mais aucune histoire ne surgissait vraiment et la lecture s'avérait très difficile, alors une grande fatigue l'envahissait à chaque tentative et il s'endormait terrassé par les phrases qui lui semblaient lourdes de sens et dont il ne saisissait pourtant pas la portée.

Même en bonne santé après des jours et des jours d'intense labeur ou de grand chagrin, il n'avait jamais senti un tel poids, un tel abattement physique et moral.

Ses rêves se révélaient souvent bien incommodes. Il était toujours écrasé par une pesanteur hors norme, ses déplacements à travers de longs couloirs d'archives photographiques et sonores que lui imposait son sommeil le vidaient totalement. Quand il se réveillait il était encore plus fatigué que lorsqu'il s'était endormi.

Depuis qu'il avait découvert ces deux pages collées, il ne quittait plus le fauteuil qu'il avait acheté en même temps que cet ouvrage sans titre ni auteur.

On s'occupait bien de lui à la maison, c'est du moins l'impression qu'il en avait et ce n'est qu'en esprit qu'il sortait de son appartement. Il se promenait dans les rues de jour comme de nuit. Il avait le sentiment de prendre le dessus car c'est lui qui guidait ses pas, alors même si l'épuisement était là, il était heureux de faire la queue chez le buraliste, d'entendre chanter à une fenêtre, de parler à de vieilles connaissances.

Après que la ville se fût couchée, il s'asseyait sur le banc en face du parc, il aimait le bruissement des arbres, le chant du ciel. Plusieurs fois il connut la joie que donnent la liberté et l'amour de l'univers.

Un après-midi, un gentil p'tit gars (pour lui tous les jeunes hommes étaient des gentils p'tits gars) lui demanda où il logeait; il souhaitait venir voir l'étrange phénomène des deux pages collées.

Amédée pensa que tout le monde était au courant et fut pris d'une telle angoisse qu'on le mena chez un pharmacien pour qu'il puisse retrouver un peu de calme.

Quand il revint chez lui, il déclara à la laborantine qui l'accompagnait qu'il n'habitait pas là tant il avait peur qu'on ne vienne voir le livre...

Alors on l'installa au mieux dans son fauteuil, on lui mit des coussins sous la tête et les pieds. Pendant ce temps-là, d'autres gens qu'il ne connaissait pas lui préparèrent à manger. On amena une petite table roulante sur laquelle était posé un repas afin qu'il puisse reprendre des forces. Mais il ne toucha pas à la nourriture.

À la longue, Il n'aimait pas voir ces gens déjeuner ou dîner à la table du salon, téléphoner au balcon, se disputer dans le couloir, rire dans la cuisine, chercher des clefs introuvables ou lui souhaiter bonne nuit quand ils allaient se coucher.
Mais il s'était fait une raison. Ces inconnus n'étaient pas si mauvais, on lui souriait, souvent on lui demandait s'il n'avait besoin de rien. Non, bien sûr, il répondait qu'il n'avait besoin de rien.

Il participa même à plusieurs anniversaires. À cette occasion on lui offrait une part de gâteau et du café. Il aimait beaucoup cela.

Un après-midi il assista à l'enterrement d'une femme, sa femme peut-être, la pièce était sombre et de son fauteuil il voyait la rue froide frissonner. Le jour pleura, la nuit pleura, les toits des maisons pleurèrent, il pleura aussi.

Jeune, il pensait naïvement, obstinément, égoïstement que les femmes ne mouraient pas. Qu'elles avaient ce don d'immortalité. Lui, il avait toujours été hanté par sa finitude et pour la fuir il avait inventé bien des stratagèmes. Mais que peut-on faire quand la fin est là, un peu plus chaque jour ?

Puis il se mit à entendre des phrases du livre si fort, qu'il s'en bouchait les oreilles, ça hurlait dans sa tête :
- *J'ai si peur que tu ne me comprennes plus, un jour.*
- *Tenez-vous éloigné de la bordure du quai, un train à grande vitesse va passer.*
Mais de quel train s'agit-il ? Avait-il loupé une correspondance ? Y'avait-il un sous-entendu à ces phrases anodines ?
- *Seul le classique est orignal.*
- *L'exotisme nous tuera à coup sûr.*
- *Dépose ton manteau et tes idées sur ce comptoir, nous te les rendrons quand tu sortiras.*
- *Tes enfants te jugent sans pitié. Ils t'en veulent.*
- *Et que dire de l'effondrement mental dont vous et toute la société témoignez ?*
- *Faites venir les fées ou la fanfare peut-être, au moins on aura un peu de distraction avant que tout ne disparaisse en silence.*

Heureusement, d'un seul coup, tout reprenait ses apparences, on lui apportait un petit café, on lui retirait les mains de ses oreilles, on lui caressait la joue et c'était mieux.

Un matin, Amédée croisa une jeune femme sur un boulevard, à moins que celle-ci ne soit venue dans son rêve alors qu'il dormait en son fauteuil et elle lui dit : *« Vous êtes sûr que vous êtes réveillé ? »*

Amédée se disait bien qu'il l'avait vue quelque part, mais il n'arrivait pas à se souvenir où. Peut-être était-ce elle qui lui avait glissé les coussins lors de son retour de la pharmacie.
« Pourquoi ne répondez-vous pas ou si rarement ? continua-t-elle, *c'est incroyable, vous souffrez d'une aboulie des plus extraordinaires contre laquelle vous ne luttez pas… vous en dégoûtez un certain nombre… Je ne suis pas certaine que les deux pages de votre ouvrage soient collées. Donnez-le moi. »* Elle s'en empara et s'écria : *« Elles ne le sont pas, regardez ! Elles sont griffonnées par vous, je connais votre écriture, c'est un palimpseste illisible !*
Pourquoi ? Pouvez-vous l'expliquer ? Ça ne tourne pas rond ou plutôt en rond chez vous et personne n'est dans le coup ! Le livre n'est pas et ne cache l'intention de quiconque ! Vous devriez vous raisonner ! Il n'existe nul dessein ! Toute vie s'efface, c'est tout ! Rien n'a de sens » et elle lui rendit l'ouvrage.

…Amédée Charmant, assis dans son fauteuil Voltaire, son énorme livre sur les genoux, répondit en souriant : *« Je crois aux vents et aux étoiles de dehors… »*

Et il mourut.

À hauteur d'enfant 2.

(Les aventures du Petit Charles)

J'habite rue Charles Perrault. C'est là que l'on m'a trouvé tout petit. Je ne sais comment j'y suis arrivé. Mais je sais en revanche que j'avais le cœur léger.

Avant, je ne savais pas lire et tout s'est éclairé en une journée ! J'avais déniché un beau livre illustré dans un fourré. C'était *« Les contes de Ma mère l'Oye »*. Ça m'a fait tout drôle de comprendre : un grand frisson de joie ondulé à n'en plus finir…

Je me rappelle qu'on disait de moi que mes pieds allaient plus vite que ma cervelle !
Mais qui m'a guidé au fourré puis à la rue Charles Perrault ?
Mes pieds !
Vous voyez ils ne sont pas si bêtes !

Dans la rue Charles Perrault, il y a la boutique de Barbe Bleue. Il tient un salon de coiffure mixte. Il a bonne réputation bien que certains clients y disparaissent… Et quand on lui pose la question de manière détournée, il répond que ce sont des fariboles, des racontars qui n'engagent que ceux qui les croient. Et tout en détachant une jolie clef d'or qu'il porte à son cou, il dit, en la tendant à celui qui la voudrait : *« Elle ouvre un minuscule cabinet noir au fond du couloir. Prenez-la, ne vous gênez pas et vérifiez qu'il n'y a pas là quelques fantômes de trépassés. »*

Mais ouf, jamais personne n'ose se saisir de la clef magique. Et tout le monde est content... et tout le monde est content d'être content... et d'être content tout le monde est content...

Les choses allaient bien, jusqu'à ce que le Chat Botté notre facteur malicieux et directeur du bureau de poste nous annonce sur la place Carabas le retour de la fée Carabosse !
- Miaou, miaou, par les moustaches du grand matou, la Fée Carabosse est de retour parmi nous et elle est de mauvaise humeur, de très mauvaise humeur, qu'on se le dise et que ça défrise !

Et pour défriser ça défrisa, un branle-bas de combat, un chahut terrible, un charivari cha-cha-cha s'en suivirent.

Il n'y a que le bûcheron et sa femme des Souhaits Ridicules qui ne bougèrent pas. Ça non, ils tombèrent de leur chaise sur leur derrière ! Les ennuis recommencent, dirent-ils ! Et, dans leur loge, de concierge de l'immeuble du grand Charles Perrault, ils se souvinrent de ce qui leur était arrivé bien longtemps auparavant.
Et moi, je ne peux résister à vous le conter :

Il était une fois un pauvre bûcheron,
Un très très pauvre bûcheron
Qui, depuis qu'il était au monde
N'arrêtait pas de se plaindre.
Un jour au milieu du bois
Il se mit à geindre,
Ses gémissements peuplèrent tout à la ronde
Il répétait sans cesse : *« J'aurais dû venir au monde, roi ! »*
Soudain éclata un coup de tonnerre.
Dans un éclair apparut Jupiter !
Le dieu des dieux regarda dans les yeux,
Le bûcheron malheureux.
Et lui dit : *« J'en ai assez de t'entendre,*
De te voir au milieu des bois te répandre,
Je te donne trois vœux,

Tâche de les utiliser au mieux. »
Quand le bûcheron rentra chez lui, il dit à sa mégère :
« Nous sommes riches ma mie,
La chance enfin nous sourit,
Il ne faut pas prendre l'affaire à la légère.
Jupiter nous a donné trois souhaits. »
Alors qu'il vit dans la cheminée des braises qui couvaient
Et pendant qu'il s'assit sur une chaise,
Pour prendre tranquillement ses aises
Il s'écria : *« Oh, une belle aune de boudin viendrait à point ! »*
Et il apparut dans un poêlon un magnifique boudin !
Sa femme hurla : *« C'est malin, ma parole tu as la tête pleine de foin ! »*
Le bûcheron énervé par les cris de sa femme cria :
« Ben que le boudin s'accroche à ton nez, na ! »
C'était terrible, horrible, risible, visible, incompréhensible
Mais, mais, mais… mais : corrigible !
En effet il ne pouvait demander à sa femme
De garder le boudin accroché à son nez.
Pour, pour dirais-je, l'éternité.
Et c'est, la mort dans l'âme
Qu'il fit son troisième souhait :
« Que le boudin lui quitte le portrait ! »
D'un seul coup il tomba à terre
En se tortillant comme un ver
Puis le bûcheron et sa femme se mirent à rire
Heureux d'avoir évité le pire !

Pendant ce temps les habitants de la rue étaient réunis sur la place Carabas. Il y avait Riquet à la Houppe, le Chat Botté, Cendrillon, Barbe Bleue, le Petit Chaperon Rouge et le Petit Poucet. Ils parlaient tous en même temps de la venue de Carabosse, c'était une véritable cacophonie.

Mais quand la Belle au Bois Dormant arriva (le vacarme l'avait réveillée), ce fut un silence total. Ce n'est pas lui faire injure

que de dire qu'elle était belle, très belle. Bon, j'en conviens, elle avait l'air un peu endormi et sa robe de princesse n'était plus tout à fait actuelle. Ses cheveux avaient beaucoup poussé, ce qui lui donnait un petit genre brouillon.
Tout de suite Barbe Bleue lui proposa de lui faire une coupe ; une permanente éternelle qu'il appellerait : « *La belle au Bois Dormant.* »
- *Non, non, non !* tous s'écrièrent.
- *Mais pourquoi,* demanda-t-elle, *je suis certaine que j'ai besoin d'être rafraîchie.*
- *Nous discutions de choses bien plus importantes avant votre venue,* intervint le Chat Botté.
- *Que nenni,* répondit Barbe Bleue, *tout s'efface devant la beauté. Je vais lui faire faire un petit tour dans le salon de coiffure mixte et après nous reprendrons notre discussion.*

Le Chat Botté grimpa alors sur la statue du marquis de Carabas et dit d'un ton agressif : « *Trois fois non Barbe Bleue et j'aimerais bien que tu nous parles de tes femmes qui ont toutes disparu !* »
- *Parbleu,* répondit-il outré, *elles se sont toutes sauvées, elles m'ont abandonné parce qu'elles se sont lassées de la couleur de ma barbe. Il y en a même qui ont osé me proposer de la raser !*
- *Moi,* dit fermement Riquet à la Houppe, *je pense que nous perdons notre temps. Il est urgent d'aller voir la fée Carabosse pour savoir pourquoi elle est de mauvaise humeur. Ensuite, nous irons trouver notre écrivain pour lui demander, avec les bons arguments, de ne pas écrire la venue de cette vilaine fée.*
Et le Chat Botté qui lui est bien rusé aussi, demanda : « *Qui est le plus fort d'entre nous ? Qui est le plus cruel ? Qui a le plus de courage ? Qui a le plus de force ? Qui est le plus obstiné ?* »
- *Moi, moi, moi, moi, moi,* répondit Barbe Bleue en se gonflant d'orgueil.
Et tout en regardant l'effet qu'il faisait à La Belle endormie il déclara : - *Mes amis, je vais lui faire dire à cette Carabosse en quoi nous*

sommes responsables de l'araignée qui lui trotte au plafond. Je lui ferai rendre raison. Tenez, je reviendrai même avec son scalp !

Alors, Barbe Bleue, fier comme Artaban, monta dans sa voiture de coiffure mixte à domicile et démarra en trombe tandis que le Petit Poucet lui proposait des cailloux blancs afin qu'il retrouve son chemin.

La Belle demanda à Cendrillon qui tenait un salon de danse: *« Mais qui est cet affreux Riquet ? Il a dû tomber dans les escaliers bébé. Car il n'est pas possible d'avoir un visage si laid, de se courber sur le côté à cause de cette bosse, de boiter comme une vieille chèvre, on croirait qu'il va s'écrouler. »*

- Mais personne ne le voit ainsi, répondit Cendrillon, *nous le voyons avec les yeux de l'amour, car apprends que : « Tout est beau dans ce que l'on aime, tout ce qu'on aime a de l'esprit. »*

Parce que La belle au Bois Dormant s'était endormie à la fin du premier conte de Ma mère l'Oye, c'est le sien qui ouvre le livre, elle ne put jamais connaître les autres. C'est bien naturel. Alors elle demanda avec tendresse à Cendrillon : *« Et ce petit garçon, avec ses petits cailloux blancs, qui est-ce ? »*

- C'est le Petit Poucet, répondit-elle. *Sans son intelligence, il n'aurait jamais retrouvé son chemin avec ses frères alors qu'ils avaient été abandonnés au cœur de la forêt par leurs pauvres parents, jamais il n'aurait échappé à l'ogre qui voulait les croquer tout crus et pourtant, ah, ce qu'on se moquait de lui parce qu'il était petit et que souvent il se taisait.*

- Et toi ? Quelle est ton histoire, demanda La Belle à Cendrillon.

- Ma belle-mère et ses filles, répondit-elle, *ne m'aimaient pas. On me faisait faire toutes les corvées de la maison : la vaisselle, laver les draps, raccommoder les robes et faire chauffer l'eau des bains. Quand le soir j'avais écossé les haricots pour la soupe du lendemain, je devais m'asseoir près de la cheminée, dans les cendres. C'est pour cette raison que l'on m'a appelée Cendrillon. Un jour on annonça un bal, « Le bal du Prince ».*

Bien sûr je n'eus la permission d'y aller et lorsque mes sœurs et ma belle-mère partirent pour s'y rendre, je me mis à pleurer, beaucoup

pleurer. Ma marraine qui était une fée arriva sans que je ne la voie ! Elle me dit de sa douce voix : « Va au jardin chercher une citrouille, capture six souris, trois gros rats et apporte-moi le tout, le temps presse ma fille. »
Je lui donnai tout ce qu'elle m'avait demandé et d'un coup de baguette magique elle changea la citrouille en carrosse, les six souris en serviteurs et les rats en cochers, puis elle prononça une formule magique et je fus habillée en princesse, j'avais même des pantoufles de vair aux pieds !
« À présent tu dois y aller me dit-elle, mais reviens avant les douze coups de minuit, car à cette heure tout redeviendra comme avant. »
Le bal était magnifique, je dansais, je parlais, tout le monde m'aimait, bien que personne ne sût qui j'étais… et je ne vis pas le temps passer. Mais aux premiers coups de cloches, je m'enfuis, le plus vite possible et dans les escaliers je perdis un de mes souliers. Le lendemain le prince voulut savoir qui j'étais, nul ne sut lui dire, pas même son père et sa mère. Mais on lui présenta ma pantoufle de vair. Alors il courut tout le royaume en la faisant essayer à chaque jeune fille, elle n'alla à aucune.
- *Sauf à toi,* dit La Belle.
- *Oui, oui,* répondit Cendrillon, *et j'ai encore dans la tête la musique du bal !*
- *Oh, c'est beau, j'aurais bien aimé moi aussi danser jusqu'à m'en étourdir,* dit La Belle et comme son regard se posait sur le Chat Botté elle voulut savoir qui était ce chat qui parle tant.
- *Je suis le Chat Botté,* fit-il, *et j'ai fait la fortune du Marquis de Carabas, mon maître.*
En dupant tout le monde je l'ai rendu si riche, qu'il épousa la fille d'un roi. Pour cela j'ai poussé un ogre imbécile et prétentieux à se transformer en souris que j'ai croquée immédiatement, ha, ha, ah ! L'ogre à la souris, est d'un délice ! Personne ne peut savoir, personne !
La Belle sembla un peu triste, mais vite elle se ressaisit et demanda en désignant une petite fille qui n'avait pas encore parlé comment elle se nommait.

- *Je suis le Petit Chaperon Rouge,* répondit-elle, *je suis connue de la terre entière. Ce sont des chasseurs qui m'ont sauvée du loup ! Oui, oui, je m'étais retrouvée dans son ventre, avec ma grand-mère à qui je devais rendre visite. Ah, nous n'avons pas attendu longtemps, ils lui ont découpé la peau de la panse et après nous en avoir sorties, ils l'ont fourrée de pierres, recousue et l'ont jeté au fond d'un puits, comme un vieux sac !*
- *Bravo,* s'exclama La Belle, *bravo !* Puis ses yeux se voilèrent et elle dit avec chagrin, *Moi, je ne sais pas qui je suis, j'ai perdu la mémoire, j'ai tant dormi, c'est à peine si je me souviens de mes parents, tout me semble bien vide.*

Alors soudain surgit quelqu'un qu'on n'attendait pas si tôt. Patatras, la fée Carabosse !

Elle était terrible ! Dans sa bouche, ou plutôt aux coins de ses lèvres, il y avait des touffes de Barbe Bleue. Elle cria : « *Je ne vais pas pleurer sur cette souillon qui a dormi pendant des siècles ! D'ailleurs c'est ce que je souhaite, qu'on oublie les contes de Monsieur Perrault. Finies ces fadaises de fées, de princes, de bottes de sept lieues, de belles, d'ogres, de loups, de carrosses qui se changent en citrouilles aux douze coups de minuit. Moi, Carabosse, je dis que vous allez tous disparaître dès que j'aurai fini ma danse. Après, je vous jetterai un sort !* » Alors dans un grand rire horrible, elle se mit à gesticuler dans tous les sens, c'était terrifiant !

À la fin Carabosse, heureuse, s'assit sur le trottoir. Elle ricanait bêtement tout en crachant des bouts du manteau et des bouts de chaussettes de Barbe Bleue. C'est alors que de petites larmes de cristal coulèrent le long des joues de La Belle. Elle voulait vivre, elle que ses parents avaient mise à l'écart de tout, qu'on avait empêchée de tout voir, de tout comprendre parce qu'on avait peur qu'elle ne meure et ses larmes finirent par tinter comme des notes de musique… lentes… plus rapides… pour devenir enfin guillerettes. Alors elles changèrent la fée en flaque d'eau, puis en vapeur qui monta jusqu'au ciel pour ne plus jamais revenir…

Et si de temps en temps un nuage prend l'apparence de Carabosse, vous ne vous trompez pas, c'est bien elle. Mais un peu de soleil, un peu de joie de vivre, la feront s'évanouir.
Que vive « *Les Contes de Ma mère l'Oye* » !

Ps : Ah ! une chose que vous n'avez pas bien comprise, peut-être… ou vous n'osez l'imaginer… Vous vous demandez ce qui est vraiment arrivé à Barbe Bleue ? Il a été dévoré par Carabosse !

Jour de découragement

C'était le jour de son découragement, fixé au trois cent trente-sixième jour de l'année. Il lui avait été annoncé par un message vocal sur son téléphone lors de son repas d'anniversaire, amère coïncidence !
Quand il se réveilla, il n'avait pas cette boule au ventre qui caractérise l'angoisse, ni même de gêne respiratoire ou à peine. Non, il avait tout simplement un spleen, une nostalgie profonde qui, il le savait, ne s'en irait pas par magie.
Il entendit au travers de la cloison de sa chambre, une chanson d'amour, un tube de variété qui avait enchanté les couples amoureux il y avait déjà bien des étés. Il en eut la gorge serrée.
Il savait qu'aujourd'hui rien n'irait, qu'il se cognerait contre tout et que tout le cognerait.

Lors de ces heures blanches, il ne voyait plus à quoi il tenait… les moindres gestes… la moindre parole prononcée pouvaient se révéler un chagrin… il n'avait plus d'idées ni de choses à faire.
Le sens avait fichu le camp.

Contrairement à l'année précédente, ça avait commencé la veille par la visite de son fils unique. Toute la soirée il s'était plaint de son travail, des gens de son équipe qui n'accomplissaient pas leurs tâches en temps et en heure, de son salaire qui était un salaire de misère comparé à ce qu'il faisait. Il voulait grimper dans la hiérarchie, mais la considération n'était jamais au rendez-vous. Ah, ça non, il ne demandait pas merci, mais au moins qu'on voie ce qui avait été réalisé !

Heureusement qu'il grugeait sur les notes des frais, ça au moins c'était une compensation et puis il était malin, il récupérait ce qu'il pouvait, payait tout au prix le plus bas. Il se servait de sa voiture de fonction pour partir en vacances. Il ne gâchait rien. « *C'est ainsi qu'on peut y arriver !* » martela-t-il plusieurs fois au moment du dessert.

Quand son fils partit, il se sentit soulagé et triste, pas une seule fois il n'avait demandé si sa mère ou lui allaient bien. À aucun instant il ne s'était soucié de sa journée de découragement du lendemain.

Il se fit une raison pendant la vaisselle en se disant : « *Bon, je ne l'ai pas élevé ainsi mais si c'est son choix, je le respecte… Mais tout même,* il ajouta, *qu'est-ce que j'ai bien pu rater pour qu'il soit aussi insatisfait ?* »

Lorsqu'il se mit au lit sans s'être brossé les dents, fatigué, usé, contrarié, il s'endormit tout de suite afin de fuir la réalité. Très vite il rêva. C'était d'une tristesse infinie, sa femme le quittait, il portait ses deux valises sur le quai de la gare, elle courait devant pour attraper son train, quand elle monta dans son wagon, avant de lui arracher des mains ses bagages, elle le gifla plusieurs fois en lui criant : « *C'est fini, je ne veux plus te voir, jamais, jamais. Je te déteste !* »

Dans son sommeil il geignait, son épouse lui caressa la joue, pour le réveiller en douceur et lui dit ensommeillée : « *Tu fais un cauchemar, mon chéri* » et se retourna pour se rendormir. Il se blottit contre elle, mais il ne trouva pas le réconfort qu'il espérait.

Alors commencèrent les longues heures d'insomnie, immenses plages de questions sans réponses, de remords, d'oublis coupables, de révoltes contre ses faiblesses, d'occasions de dire je t'aime ratées, d'efforts abandonnés par fainéantise ou fausses raisons… Sa route vers la finitude n'était qu'un long chemin d'une banalité affligeante…

Ce ne fut que cinq minutes avant que le réveil ne sonne qu'il put fermer l'œil.

Il se sentait sans énergie.

De toute façon, il ne pouvait s'esquiver, il fallait qu'il la fasse cette maudite journée. Il n'avait pas, comme d'autres, les moyens de donner à un ami, une cousine, un inconnu de l'argent pour le remplacer. (Bien sûr cette pratique était interdite)

Au début de la mise en place de la journée du découragement tout le monde fut enthousiaste, la presse de gauche comme celle de droite. On écrivit des articles, on interviewa des médecins, des chercheurs, des philosophes, qui n'y trouvaient que des avantages, soit d'immunité collective, génétiques, ou d'une approche saine et positive du stoïcisme.
Il y eut des reportages, des émissions de téléréalité, des romans, des films, le plus célèbre était : *« Le jour ne se lève pas »*.
Mais au bout de quelque temps le sujet tomba dans la banalité et ne se vit plus que dans les marronniers.

Une vague association avait pourtant demandé qu'on fasse des exceptions. On la qualifia d'extrême et on expliqua à la population que c'était une vraie mesure égalitaire et qu'il serait malsain d'en exempter quelques-uns au prétexte qu'ils souffraient de dépression, de maladie chronique, de pauvreté, de chômage…
La question oratoire était : *« Est-ce que la société voulait montrer du doigt une partie de la population ? »*

Il posa le pied par terre (le décret d'application stipulait qu'on ne pouvait passer sa journée de découragement au lit). Il fallait donc faire face à l'abattement.

Bien sûr il n'y avait plus de café dans le paquet. Sa femme en avait bu la dernière tasse avant de partir travailler. Il consulta son courrier et vit que l'un des flacons de sa prise de sang pour surveiller son diabète avait été égaré. Il fallait retourner au laboratoire à jeun pour y procéder à une autre. Il remit la chose au lendemain. Une mauvaise nouvelle ne vient jamais seule. La commande de vin qu'il avait faite ne pouvait être livrée, passe encore se dit-il, mais c'était le ton du courrier qui le mit hors de lui, puis le déprima fortement. Le caviste, ne s'excusait pas, il disait qu'il prenait très au sérieux sa demande. C'est pourquoi il s'activait pour lui apporter une « super » réponse dans les meilleurs délais. Justement pour cela il venait de changer de logisticien afin de mieux le servir. Ce déménagement avait impliqué quelques ajustements qui avaient influé sur sa (ré)activité. Mais il ne fallait pas s'inquiéter, sa règle d'or restait la même : le rendre heureux !

Il voulut lui répondre qu'en réalité on ne lui disait rien quant à son vin, puis qu'il choisissait avec prudence et parcimonie les gens qui devaient travailler à son bonheur et bien sûr qu'il était hors de question qu'il en fasse partie. Il se vit ajouter qu'il fallait se méfier au plus haut point des gens qui souhaitaient faire le bonheur les autres. Les grandes catastrophes historiques en étaient la triste preuve.
Mais l'idée d'ouvrir un conflit avec un type qui se croyait malin et plein d'humour le fit s'allonger un moment sur le canapé.

Comme il avait peu dormi, il s'assoupit. Réveillé par la peur d'être en retard à son rendez-vous, il prit une rapide douche, s'habilla en quatrième vitesse, rassembla ses dossiers et quelques idées synthétiques pour son entretien et fila en quatrième vitesse à son bureau…

Bien sûr, il fut piégé dans les embouteillages. Dans son coin, il suffisait de perdre cinq minutes en partant de chez soi, pour prendre, comme il disait, vingt minutes dans la vue. Les nouvelles à la radio étaient toutes plus lamentables les unes que les autres. Il préféra alors écouter l'adagio pour cordes de Samuel

Barber. Ses paupières se gonflèrent de larmes… Il passa l'œuvre une deuxième fois pour bien marquer le coup et là il éclata en sanglots. Il vit à travers ses pleurs une femme qui lui souriait avec compassion…

Puis l'énervement le gagna, jusqu'à l'exaspération, jusqu'à l'envie de hurler !

Dans sa jeunesse, le lendemain, c'était oublié, à présent c'était plus difficile, ça traînait en longueur, le découragement se faisait sentir ici et là ; en mâchant une viande, une idée… il avait mal un peu partout et se voyait nu. Bref, il existait des traces. Des petits futés en pharmacie inventèrent la pilule du lendemain, baptisée allègrement : « *Le vague à la lame* ». Mais sur lui, elle n'avait eu aucun effet. Une fois, il en avait même avalé un tube entier ce qui lui valut une semaine de tics nerveux et de confusion langagière.

Évidemment il arriva en retard à son rendez-vous. La jeune femme était furieuse. Elle n'avait pas que ça à faire lui dit-elle. Il argua que c'était sa journée de découragement. Et là, la réponse fut des plus sanglantes : *Comment faisait-elle, elle ? Hé bien ça ne se voyait pas ! Elle avait une méthode pour cela : s'armer de courage et avoir l'enthousiasme chevillé au corps. S'était-il jamais demandé comment les femmes faisaient tous les vingt-huit jours en plus de leur journée de découragement ? Non, bien sûr !* Il voulut s'excuser mais il n'en eut pas le temps, elle venait de claquer la porte.

Il s'assit à son bureau. Dans son courrier, il trouva une convocation à un stage sur l'utilité sociale de l'entreprise en ces temps de reprise. Cela tombait mal. C'était le jour où il devait présenter un budget d'investissement de mobiliers urbains à une communauté de communes. Il appela la direction des ressources humaines pour voir s'il pouvait envoyer quelqu'un d'autre du service mais on lui refusa catégoriquement. Il essaya de joindre le

secrétariat des maires, hélas, c'était la grève.
Prétextant une course urgente à la pharmacie il partit se réfugier en centre-ville.

Dans un café discret, il se cala bien au fond d'un coin sombre afin que personne ne le voie et commanda un café. Le café qu'il n'avait pu prendre le matin. Mais comme le patron n'avait rien à faire, il se mit à lui parler... L'homme avait été docker à Anvers. Il regrettait les sirènes, les bateaux, le bruit des grues, les immeubles de containers, l'ambiance avec les copains, l'odeur du fuel.
Il s'était installé ici, à cause de sa femme qui était française. Mais sa vie se défaisait loin de la mer.

À midi, il trouva un joli petit restaurant dans une rue tranquille. Il se dit qu'il mangerait léger, son médecin lui avait prédit que s'il continuait à se nourrir comme il le faisait, il risquait de graves ennuis. En bon élève il commanda une salade, mais l'appétit vient en mangeant, il prit ensuite, un magret de canard au foie gras, une bonne bouteille de Bordeaux... Un peu de fromage...
Un Armagnac hors d'âge accompagna avec délice son île flottante.
Enfin il revivait un peu.

Puis il alla digérer paisiblement dans un parc. Mais du banc où il se trouvait, il vit la fourrière embarquer sa voiture. Il eut beau discuter avec ces... ces... employés zélés, dirons-nous.
Ils n'entendirent rien.
Et c'est en taxi qu'il suivit son véhicule jusqu'à la fourrière.
Le garde avait plusieurs carrosses à enregistrer, ainsi qu'il le disait, et comme il n'était pas d'une intelligence et d'une rapidité hors du commun cela prit deux heures !
Enfin il paya et put la récupérer.
Plus que désabusé, il décida de retourner chez lui.

Des travaux sur l'autoroute créaient une file d'attente interminable. De trois voies on passait à deux, puis à une et on finissait par rouler sur la bande d'arrêt d'urgence. L'enfer de l'automobiliste moyen, contraint de prendre sa voiture pour le travail...

Lorsqu'il parvint devant sa maison, sa place de parking était prise. Agacé, il fit le tour du quartier et en trouva une au bout d'un quart d'heure. Au moment où il revenait à pied, le véhicule qui occupait son emplacement démarrait. Il se dit qu'au lieu d'attendre, il avait fait le mauvais choix en cédant à son impatience, ce qui ajouta à sa lassitude.

Quand il rentra sa femme n'était pas là. Pourtant d'habitude, elle arrivait toujours avant lui. Pris d'un doute irrationnel, il vérifia son placard : ses deux valises n'avaient pas bougé. Il se fit un sang d'encre, lui téléphona plusieurs fois sans qu'elle ne réponde, laissa des messages qui d'abord étaient gentils, puis, plutôt énervés.

Il regretta, se mit à ranger et prépara un dîner.

Il enfourna deux cuisses de poulets qu'il agrémenta de petites pommes de terre grenailles à l'ail.

Tout se passait bien et il crut que les affres de la journée de découragement étaient derrière lui.

Tandis qu'il sortit la poubelle sur le trottoir, la porte claqua derrière lui !

Il s'était bien trompé !

Mais il ne se laisserait pas faire ! Il alla dans la remise du jardinet, se saisit d'un gros tournevis pour l'ouvrir. Il connaissait la technique. Une fois devant il se dit qu'il risquait, en fait, de casser la serrure. Cependant il le fit quand même et il arriva ce qui devait arriver : la pointe de son outil se brisa dans le canon. Pourquoi, se demanda-t-il découragé, fait-on une chose alors qu'on sait pertinemment que c'est une bêtise ?

Il se rendit chez son voisin (qu'il n'aimait pas) pour appeler un serrurier. En deux secondes celui-ci ouvrit la porte et lui prit une somme colossale pour son déplacement et sa réparation. Pendant ce temps, le poulet et les pommes de terre avaient brûlé et il ne restait plus rien de correct à manger !

Dans la cuisine, à bout, il se figea et décida de plus rien faire. « *Plus bouger, plus bouger,* se répétait-il en boucle, *plus bouger.* »

À minuit, sa femme le trouva endormi sur le tapis de l'entrée. Doucement elle le réveilla, les yeux perdus, il lui demanda où elle était, gentiment elle lui répondit que c'était l'inventaire annuel du magasin, l'avait-il oublié, il s'excusa et défait alla se coucher…

La tête sur l'oreiller il se demanda ce qu'il avait réussi à faire ces dernières vingt-quatre heures, résultat :
Rien, il avait absolument tout raté.

Ps : Écrit de mon lit.

Bruits

Ils font des travaux en permanence. Ils ne s'arrêtent jamais. Ils percent, tapent, raclent, scient, jettent et mettent le son de la radio à fond pour entendre des émissions abrutissantes. Leur voix rauque, leur rire gras m'écorchent les oreilles.
J'en ai assez.

C'est pourtant au bout de la modeste bande de parpaings ajourée par deux fenêtres et flanquée d'une porte pleine que j'habite. On dirait un dessin d'enfant. L'urbaniste par souci des coûts ne s'est pas foulé. Nous sommes dans cet alignement à peu près une bonne dizaine d'habitants.

Les travaux sont à l'opposé de chez moi mais la dalle de béton unique communique tous les bruits.
Je ne trouve aucun refuge parce que je ne sors plus depuis un bon moment déjà... Le soir, il y a une accalmie et le matin ils reprennent très tôt.

J'ai froid tout le temps. J'ai beau me couvrir et monter le chauffage, rien n'y fait.

Je ne connais personne et personne ne me connaît. Nous ne nous disons pas bonjour. Nous sommes indifférents les uns aux autres. Aucune intrusion n'est tolérée dans le petit cercle imaginaire que chacun s'est tracé. C'est une méfiance passive qui agit souterrainement.

Ce n'est pas plus mal, qu'est-ce que je pourrais leur dire à ces voisins ? Que j'ai quitté mon emploi ?
Que je n'ai pas supporté ce travail à la maison imposé par les circonstances ?

Je me suis enfoncé dans un néant, lentement, sans que j'y puisse grand-chose, une longue glissade en solitaire.

Aujourd'hui faire des courses m'est impossible. Me trouver dans la queue d'une caisse est une véritable épreuve, je suis honteux et je crois que tout le monde perçoit mon malaise. Ce sont des mains mortes qui déposent mes maigres achats sur le tapis roulant de la caissière.

Je mange peu, je divise mes portions par deux, non par économie (bientôt je serai peut-être obligé) mais par manque d'appétit.
J'ai maigri. Quand je me regarde dans le miroir qui est à côté du canapé, dans lequel je passe des heures assis sans bouger, sans goûter à rien je vois une énorme tête blafarde posée sur un corps malingre muni de deux pinces courtes qui font office de bras. Je ne ressens rien devant cette image qui pourrait faire penser à une créature malade échappée d'un cauchemar.

Je ne me plains pas, pourquoi le ferais-je ?

Je me suis perdu, comme on perd de vue quelqu'un qui disparaît dans une nuit épaisse.
Je me suis perdu à moins que je n'aie trouvé un moi-même qui n'a aucune existence.
J'allais avec l'impression rassurante de vivre.
J'allais comme tout le monde, l'esprit occupé par diverses tâches à accomplir, bonnes, mauvaises, futiles, toujours un peu pressé.
Elles jetaient un voile sur le vide que je suis en réalité. Un amas de non-matière si cela se peut.

Depuis que j'ai quitté mon travail personne ne m'a appelé. Est-ce que mes anciens collègues sont pour autant des monstres d'égoïsme ? Non. Ils ont leur vie et j'en suis sorti, une sortie de vie, tout simplement.
Le temps leur manque comme à tous.

Le voisin d'à côté est venu sonner à la porte. Une branche du laurier qu'il taillait est tombée dans mon jardinet que j'ai laissé à l'abandon. J'ai un peu parlé avec lui. Je lui ai avoué que je n'allais pas bien. Quand j'ai évoqué le problème des courses il m'a proposé d'aller en faire pour moi. J'ai refusé. Il m'a demandé si j'avais de la famille. J'ai répondu que j'avais une fille et qu'elle s'inquiétait mais que je ne souhaitais pas habiter près de chez elle à Laval.
- *Ah, Laval, la ville d'Alfred Jarry, le père d'Ubu, une marionnette qui assassine le roi de Pologne pour prendre le pouvoir,* a-t-il fait.
Je lui ai dit que je ne connaissais pas. Je suis bête. Il m'a souri gentiment.
Je crois que c'est un type bien, ce voisin. Je lui en ai fait part d'ailleurs.
Il a nié bien sûr.

J'ai froid.
Une guerre tue à l'est de l'Europe. C'est à la fois si proche et si loin.
Je vais fermer ma porte à double tour, mes volets et ce sera fini…
Je n'entendrai plus aucun bruit, d'où qu'il vienne.

On pensera que je suis un lâche, un faible, un ingrat car la vie est bonne et je comprends.

Au sortir de la boulangerie

Si Dieu existe, il existe des êtres divins et Valentin Lejeune en rencontra un, par hasard au sortir de la boulangerie. Le divin peut-être humble, quotidien, sans grande envergure. Ce personnage joyeux l'aborda comme un ami de longue date.
Valentin qui était un homme bourru, pas un mesquin qui cherche à se venger de la vie au prétexte que la nature, la société, ses parents l'ont mal loti, mais un de ces humains qui ne se laisse pas approcher facilement, accepta sans hésitation que ce type surgi de nulle part l'accompagne. Et comme Valentin n'avait rien à faire, il lui proposa même l'inverse.

Ce qui mit immédiatement en joie ce curieux personnage, qui l'invita à se diriger vers la forêt, non sans lui avoir demandé auparavant un croûton, la partie de la baguette qu'il préférait. En chemin, Henri Terrier se présenta après une suite d'hésitations, que Valentin Lejeune interpréta pour de la timidité. Il savait par expérience, que parfois les gens les plus gentils, les plus expansifs, ou qui semblent les plus à l'aise cachent leur embarras dans ce genre d'artifice.

Terrier était peut-être âgé d'une cinquantaine d'années, mais sa souplesse, sa vivacité, son regard vif, toujours aux aguets étaient extraordinaires, bien des jeunes gens de dix-huit ans auraient pu être jaloux de sa vigueur en le croisant.

Ils marchèrent d'un pas rapide, ce qu'appréciait Valentin, et bien qu'ils n'aient pas besoin de se parler pour se comprendre, Valentin parla. Tout lui venait pèle-mêle.

D'abord de son chien qui avait fichu le camp il y avait bien trois semaines, puis de sa femme qui l'émouvait quand elle dormait. Il pleurait de la voir si belle dans son sommeil et se sentait si peu capable de l'aimer comme il le fallait... Du garçon de sa voisine qui, par sa tristesse butée, fabriquait son propre malheur. Plusieurs fois il avait essayé de discuter avec lui, mais il ne voulait pas entendre ce qu'on pourrait lui dire. Valentin se demandait ce qui poussait ce garçon à rejeter la main tendue, il ne pouvait croire au refus d'être heureux.

Valentin lui confia aussi que tout ce qu'il savait, il le savait déjà petit, qu'il n'avait rien appris à l'école, contrairement à d'autres qu'il admirait par ailleurs. Ce qu'il avait appris, il l'avait compris autour de lui, en lui et cela lui procurait à chaque fois un fin bonheur qu'il qualifiait de doré. Il évoqua aussi son impatience qui lui jouait parfois des tours. Valentin n'entrait pas toujours dans les détails, car les amis, et c'en étaient de véritables, comprennent les choses à demi-mot. Et Henri Terrier acquiesçait, lui souriait, l'entraînait à se sentir léger. C'est là le secret de l'amitié. Au détour d'un virage, Terrier lui faussa compagnie brusquement pour réapparaître quelques centaines de mètres plus loin sans être essoufflé. Valentin le rejoignit, Terrier voulut l'autre croûton de pain et ils continuèrent leurs pérégrinations.

Terrier n'avait pas grand-chose à dire de son côté, sauf qu'il avait un petit carnet à couverture de cuir rouge dans lequel il notait tout ce qu'il lui semblait important de savoir. Il y écrivait aussi des bouts de conversations qu'il avait entendues ici et là et qui lui plaisaient ou qui lui semblaient étranges :
- La vie à l'envers et l'envers de la vie.
- Les premiers à être montés au sommet de l'Everest sont Edmund Hillary et Tensing Norgay en 1953.
- *Sa vie était aussi mal lacée que ses lacets !*
- *Une phrase qu'il ne comprenait pas : Vendredi, c'est ravioli !*

- Infraction imaginaire.
- Il a bon dos le diable.
- Un os à ronger, dit avec mépris.
- La vie au bout de la laisse ou de la liasse.
- Le cauchemar est parti avec le bébé.
- Ne bats pas un chien, c'était autrefois un humain.
- Tu devrais faire marcher ton esprit plutôt que tes mâchoires.
- La machine de Turing est la mère de l'informatique.
- L'homme peut ne pas manger pendant quatre-vingts jours.
- Qui meurt le jour de l'an va rater son année.
- Pompéi a été détruite à l'automne soixante-dix-neuf lors d'une éruption du Vésuve.

Valentin était amusé par ce recueil de phrases attrapées à tous les vents par la fantaisie de Terrier.

Le seul point de désaccord entre eux était que Valentin adorait la musique tandis que pour Henri elle était un véritable supplice pour ses oreilles. Il ne pouvait pas se raisonner sur ce point, c'était physique !

De toute manière ce qu'ils se disaient ne s'avérait pas le plus important.

Ils étaient bien ensemble et cela ne s'expliquait pas.

Henri Terrier lui avoua qu'il était là pour peu de temps, un accord avec une entreprise dont il ne souhaita pas dire plus. Il s'excusait par avance de disparaître un jour sans prévenir, car lui-même ne serait prévenu que quelques minutes avant son départ. Cela faisait partie de ses fonctions. Mais pour le moment, il n'était nul besoin d'évoquer une séparation.

En sortant de la forêt ils prirent la route d'un hameau, Terrier finit la baguette et ils passèrent une bonne partie de l'après-midi à déguster quelques bières et les heures qui s'échouent paisiblement sur le plaisir d'être au monde.

À la tombée de la nuit, ils se quittèrent sur la place tout en se promettant de se revoir le lendemain à la même heure devant la boulangerie.

Quand Valentin arriva chez lui, sa femme qui était déjà rentrée du travail lui demanda ce qu'il avait fait de sa journée, il lui répondit : *« Pas grand-chose, je me suis baladé et j'ai oublié le pain,* et il ajouta avec émotion, *je t'aime ma chérie. »*

Elle lui sourit et elle l'enlaça.

Le lendemain, au sortir de la boulangerie, Terrier n'était pas au rendez-vous.

Valentin attendit des heures et eut le loisir d'observer les allers et venues.

La petite fille qui a juste la monnaie pour une baguette, les adolescents qui ont tellement faim qu'ils mangeraient tous les casse-croûte en vitrine, le petit vieux gourmand qui ne sait que choisir, la dame replète qui vient plusieurs fois s'acheter un gâteau, le grincheux qui ne supporte pas que quelqu'un soit devant lui, le petit garçon qui n'a rien en poche pour s'acheter des bonbons qui le font saliver, la demoiselle qui a oublié son porte-monnaie et celle qui voudrait bien qu'on lui fasse crédit, la jeune maman qui essuie la colère et le nez de son gamin de trois ans… Il y eut même une vieille dame qui lui demanda de bien vouloir garder son chien…

Mais au bout de quelque temps, il remarqua que son attente soulevait des inquiétudes. On lui demanda s'il savait où il habitait, s'il avait besoin d'aide, on pouvait appeler les pompiers aussi…

Il hocha la tête de dépit et s'en alla…

Quelques semaines plus tard, son chien gratta à sa porte, il était de retour… il y avait dans le regard de son animal quelque chose de celui d'Henri Terrier, à moins que ce ne fût le contraire.

Pendant des années il se posa la question sans jamais pouvoir y répondre.

La vie en strapontin

Le problème consiste à savoir où je me situe dans la hiérarchie… mes années de présence, mes points accumulés… J'en ai pas mal je crois… Ils devraient me dispenser de cette obligation, après tout, non ? Est-ce que je me dois d'aller voir le responsable du parterre, le responsable de toute la salle, de la billetterie ou le directeur qui n'est jamais là sauf le jour où vient une personnalité ?
Chacun doit avoir selon son dû, si modeste soit-il… Non, c'est injuste, je ne devrais accuser personne…
C'est une question de pudeur, la pudeur n'a rien de commun avec la timidité, la faiblesse ou la honte. La pudeur a à voir avec la retenue… Je ne souhaite pas m'exposer, demander et encore moins réclamer. Ce serait me faire violence, me perdre… Tout cela est confus, je crois.
Le véritable souci est celui des contacts. On en a peu et pratiquement aucune possibilité d'en avoir aux postes que nous occupons. Il existe sûrement des textes, une convention collective, une jurisprudence qui permettent de clarifier ma situation…
Cette place, en face, peut-être que d'autres que moi la méritent davantage… ils pourraient l'obtenir sans que l'on puisse soupçonner de passe-droit, de privilège accordé pour…
Il y a des gens qui viennent chaque soir. Est-ce que ce sont des spectateurs qui se trouvent eux-mêmes pris dans une position analogue à la mienne ? Je veux dire dans un monde de spectateurs. Est-ce que ce monde serait comparable à celui des ouvreurs auquel j'appartiens ?

C'est ce que se demandait Félicien alors qu'il procédait à la vérification des billets pour le spectacle : « *Le locataire exemplaire* ».

Cette pièce se jouait depuis des années sans interruption, un succès inédit dans l'histoire théâtrale.

Une fois la représentation commencée, il s'asseyait sur son strapontin, au cas où un retardataire ait besoin d'être placé sans que les autres ne soient dérangés. Sa place à l'orchestre était borgne. D'où il était, il ne voyait qu'un petit bout du proscenium, côté jardin. Rarement un acteur, une actrice, un figurant venait s'égarer au-devant, de peur de perdre la lumière.

Il n'entendait guère mieux et ne saisissait que quelques répliques. Si bien qu'il ne savait pas de quoi parlait exactement le texte. Il avait bien recueilli des commentaires sur le jeu des comédiens, la mise en scène, l'action mais rien ne lui permettait vraiment d'en comprendre la globalité et la finalité.

Il avait commencé au poulailler. Mais il était cantonné au couloir et pendant une partie de la représentation au réapprovisionnement du bar qui se trouvait à la hauteur du premier balcon. Ses bons et loyaux services lui avaient valu après quelques années de se voir offrir la place d'ouvreur aux fauteuils d'orchestre.

Le soir avant de quitter le théâtre, il devait « *faire ses rangées* » ; regarder si un spectateur ou une spectatrice n'avait pas perdu quelque chose. Il attendait, comme ses collègues, que la salle soit vide pour entamer sa petite inspection comme il disait. Il fallait qu'il soit rapide car les régisseurs étaient pressés de fermer. Il lui était arrivé de trouver : des talons aiguilles, des chaussettes, des téléphones, des papiers d'identité, un portefeuille, des boucles d'oreilles… qu'il avait toujours rapportés au responsable des relations avec le public.

Félicien, passager anonyme de la nuit, rentrait toujours chez lui à pied, par le même chemin.

Félicien habitait une petite chambre au sous-sol d'un immeuble bourgeois. Là aussi sa vision était tronquée, il ne voyait que des pieds, des chevilles, des talons, des demi-roues, des bas de pantalons aux ourlets plus ou moins bien cousus, des chiens, des morceaux de grands chiens, des chats, des souris, un ballon rouler de temps à autre, le visage d'un enfant curieux essayant de regarder chez lui, des mains refaisant des lacets défaits… Il l'avait louée lorsqu'il était venu faire ses études d'histoire qu'il avait bien vite abandonnées. Il était tombé amoureux deux fois, mais le manque de conviction, d'empressement, ou je ne sais quoi encore, avait eu raison de l'intérêt qu'il avait suscité auprès de ces jeunes femmes.
L'une s'appelait Maude et l'autre Caroline.
La première était petite, réservée, émotive, inquiète, la seconde volubile, sérieuse, très intelligente.
Toutes les deux s'enlisèrent dans le silence de Félicien.

Un après-midi, en se promenant, Maude voulut l'entendre dire qu'il l'aimait… Il avait baissé la tête et avait répondu oui, je crois. Mais Maude ressentit ce oui timide comme une gifle et elle s'enfuit…
Le soir elle vint à son appartement… Doucement elle frappa à la porte. Félicien se tenait debout, la main sur la poignée. La jeune femme pleura, suffoqua, supplia qu'il lui dise quelque chose… Félicien était paralysé, pris par une sorte de désœuvrement profond de l'esprit. Bien qu'il eût conscience de tout, il ne pouvait agir… Elle se laissa glisser le long du chambranle de bois en sanglotant… Alors, il s'allongea sur son lit et plus rien ne compta que les corps flottants qui dansaient devant ses yeux fatigués…

Pour Caroline, il n'en fut pas totalement autrement. Ils étaient venus se réfugier dans un café pour se réchauffer. La nuit se voulait froide. Au-dessus d'eux un haut-parleur, dissimulé dans le plafond, diffusait de la musique… C'était l'unique place qui restait… Les clients semblaient heureux, il flottait un parfum d'innocence, d'insouciance et de douce ivresse… Elle parlait d'un philosophe extraordinaire qui essayait de faire comprendre qui était Dieu pour Spinoza. Il lui souriait… des mots confus lui parvenaient, assourdis, cotonneux… Il détourna son regard pour dehors… Combien de temps son absence dura… ?

Il se mit à pleuvoir dans la rue. Quand il revint vers elle, elle n'était plus là. Caroline avait écrit sur le sous-bock de bière : adieu. Il regarda par la vitrine, dans des flaques d'eau se reflétaient les lettres clignotantes du bar d'en face… L'Eden… Hypnotisé, il resta jusqu'à la fermeture…

À présent, Félicien menait une vie de célibataire tranquille.

Il dînait chez lui vers minuit, puis il rêvait pendant des heures et ne se réveillait qu'en toute fin d'après-midi. Alors il se préparait pour se rendre à son travail qu'il n'avait jamais manqué.

Comment Félicien trouva-t-il cet emploi ? Par pur hasard. Cela faisait quinze jours qu'il n'était pas sorti de chez lui.

Ce jour-là, il faisait beau et il eut envie de prendre l'air. En arrivant sur le trottoir, il croisa un chien jaune-orange au crâne à moitié pelé. Cet animal ressemblait tellement par sa façon de déambuler sur le côté au compagnon de son enfance qu'il le suivit sans réfléchir. Il se sentait léger, soulagé du détachement qui l'avait retenu dans sa chambre… pas vidé comme il l'avait été ces derniers jours… Il se surprit même à presque sautiller… Il réussit aussi à ce que le chien devienne un peu le sien…

Soudain, l'animal entra dans le hall d'un théâtre. Félicien intrigué lui emboîta le pas. Là, l'animal fut chassé par une sorte de Falstaff (plus gros que le vrai) à coups de pieds dans le derrière qui lui criait rigolard : *« Manquerait plus qu'un cabot de plus ici ! Fous le camp ! »*

Puis il se tourna vers Félicien et éructa : *« Il est à vous le corniaud ? »*

Félicien faillit répondre oui et fit non de la tête.
- *Vous avez un quart d'heure de retard ! Qu'est-ce que vous vous figurez ? Que je suis à votre service ? Que vous allez faire votre emploi du temps ? Une erreur et vous êtes viré ! J'espère que vous n'êtes pas un de ces jeunes artistes prétentieux, imbéciles qui pense qu'il va renverser la table !*
Félicien répondit : « *Non.* »
Sans même l'écouter Falstaff, au tour de taille de deux mètres cinquante, continua : « *Ici c'est la tradition et vous êtes à son service. C'est un lieu sacré, gardez toujours cela en mémoire. Il n'y en a plus de nos jours. Bon filez au premier pour votre embauche, vous direz que vous m'avez vu.* »
Alors que Félicien grimpait les escaliers il l'entendit lui lancer dans un grand éclat de rire :
- *Jeune homme, vous informerez la Dulcinée qui vous fera signer votre contrat, que demain le maire viendra, il faudra lui réserver la meilleure loge et lui mettre du champagne au frais.* Et v'lan il claqua violemment les deux portes à battant comme pourrait le faire le vent d'orage en été.

Les parents de Félicien qui tenaient une station essence en perdition - la rocade du village détournait tout le trafic pour l'emmener vers une zone commerciale à cinq kilomètres de là - avaient toujours rêvé que leur fils unique ferait mieux qu'eux. Professeur, cadre et pourquoi pas même docteur... Ils s'imaginaient qu'il aurait une petite famille et qu'ils iraient un jour le voir dans une maison bien à lui. Quand ils virent qu'il ne faisait rien, ils furent d'abord très déçus et au bout d'un temps, finirent par se consoler gentiment, affectueusement l'un l'autre, en se disant que Félicien était heureux comme ça, même s'ils ne comprenaient pas...

Puis ils fermèrent la station et leurs yeux pour toujours...
Félicien ne sut pas trop s'il eut de la peine...
En tout cas, après l'enterrement, il ne revint jamais dans ce village à l'agonie.

Il lui arrivait sans qu'il ne sache pourquoi de fredonner une chanson que son père chantait quand il était sur le point de terminer la réparation difficile d'une voiture…

Bien sûr la curiosité de savoir de quoi parlait le texte du « *Locataire exemplaire* » taraudait de temps à autre Félicien, malgré le résumé qu'il avait lu des centaines de fois et réédité à chaque changement d'acteur ; la jeune première devenue plus âgée prenait le rôle de la mère, puis de la grand-mère, le père de la famille trop vieux était mis à la retraite pour être remplacé par le jeune premier qui lui-même était remplacé par une figure montante de l'art dramatique et ainsi de suite… cette tragi-comédie ne vieillissait pas, seuls les comédiens en faisaient les frais.

Bref la pièce était décrite par une petite phrase immuable : un homme après bien des années de détachement découvre la vérité sur sa vie réelle.

Félicien avait bien essayé d'en lire quelques critiques, mais à chaque fois, sous la pression d'une force invisible, son attention s'évaporait… il ne lui restait que quelques bribes banales, galvaudées, qu'on aurait pu attribuer à n'importe quelle grande pièce du répertoire :
« Toutes les zones d'ombre et de mystère font la force de cette histoire devenue mythique… ou on ne devrait pas voir ce chef-d'œuvre comme une comédie mais comme un véritable drame… ou pourquoi ce texte nous parle-t-il encore et nous parlera-t-il toujours ? Parce qu'il ne fait que poser des questions sans jamais apporter de réponse ! »

L'auteur était inconnu et aucune des recherches d'universitaires patentés, d'archéologues du théâtre, de cartomanciennes, de journalistes d'investigation, de religieux de tous poils, d'intellocrates des beaux quartiers en quête de sensationnel n'avait abouti. Il avait bien fallu se résoudre à l'idée que le créateur n'avait pas d'identité et pire encore qu'il n'avait peut-être jamais existé !

Ce soir-là, la représentation avait débuté comme d'habitude avec un peu de retard. Félicien s'était endormi après une demi-heure. Tout se passait normalement... mais au bout d'un certain temps, dans son sommeil, il perçut comme quelque chose d'anormal, une sorte de brouhaha... Il ouvrit les yeux : la scène et la salle étaient plongées dans un noir total. Des spectateurs commençaient à s'énerver, on entendait de-ci de-là des voix qui criaient : *« Dix minutes que ça dure... lumière ou remboursez... c'est un scandale... »*

Quelques personnes, lassées par l'attente, se levèrent et partirent à tâtons. Félicien savait exactement le nombre de fauteuils que comprenait sa partie. Il connaissait le bruit que faisait chaque siège. D'ailleurs, tenant toujours son rôle au sérieux, il en avait signalé quelques-uns à la régie générale pour qu'ils ne couinent plus.

C'était inespéré pour Félicien. Il en profita pour quitter son strapontin sans allumer sa lampe de poche ; un mélange de peur et de joie accélérait sa respiration. Puis une réelle frayeur le prit : et si le responsable du public le cherchait pour faire évacuer la salle ? Ou si d'un seul coup il était vu de la régie en plein milieu de la travée ou si la lumière le surprenait haletant ? Il se résolut à se mettre à quatre pattes et à avancer le plus lentement possible afin que personne ne le remarque... Il se sentait ridicule, mais si quelqu'un lui demandait ce qu'il faisait là dans cette position, il répondrait : *« Je cherche ma lampe de poche, elle a dû rouler par ici. »* Enfin, il arriva au premier rang, là, il y avait une place, il le savait, c'était celle d'une jeune femme très parfumée qui venait chaque soir, il s'assit, reprit son souffle... ne regarda personne et adopta une pose détachée.

Quand la lumière envahit le plateau, sur la scène, un projecteur en douche éclairait un homme assis sur un strapontin. La ressemblance avec lui était stupéfiante. L'acteur portait son costume,

les mêmes chaussures, il était coiffé à l'identique et se tenait de la même manière que lui. Après un temps, il se racla la gorge et dit d'un ton neutre : *« Je croyais n'avoir besoin de rien pour vivre, mais pour exister, je ne me suis pas posé la question… Personne ne peut rien pour moi. »*
Félicien mesura alors l'immensité de sa solitude et pleura tandis que les spectateurs assis à ses côtés, lui demandaient de faire silence…

Charlotte au supermarché

Pendant que Madame Huette avait appelé les pompiers pour qu'ils aillent chercher son chat perché sur le chapeau de sa cheminée, Charlotte Lambert, elle, était partie au supermarché de la voie ferrée.

C'était son fils Adrien qui l'avait emmenée en voiture. Charlotte la lui avait donnée parce qu'elle ne pouvait plus conduire. Plusieurs fois elle avait frôlé l'accident. Elle avait mis un peu de temps à s'avouer qu'elle devenait un vrai danger public.

Adrien était venu la prendre un quart d'heure avant, ce qui n'avait pas arrangé sa mère car à présent elle était d'une extrême lenteur. Au début elle s'était crue devenue une personne paresseuse, ce qui n'avait jamais, au grand jamais, été le cas… mais le médecin en souhaitant la rassurer, lui dit qu'elle prenait tout simplement de l'âge. Charlotte lui sourit gentiment, un peu tristement en pensant : *« On ne prend pas d'âge, c'est l'âge qui vous prend. »*

De toute façon la mauvaise humeur que lui manifesta son fils ne pouvait pas s'expliquer par le fait qu'il lui faille beaucoup de temps pour se préparer.
En ce qui concerne Adrien, c'était son unique jour de congé et il n'avait qu'une seule idée, rejoindre ses copains au café pour discuter du dernier match de foot de leur équipe préférée et boire l'apéro à midi pile.

Charlotte était déçue, pour elle il s'agissait d'une petite fête, faire ses courses accompagnée de son fils ! Qu'avait-elle comme autres loisirs ? La télévision, elle en avait soupé, la lecture lui demandait trop de concentration et souvent elle canait comme elle disait, la musique l'émouvait tellement qu'elle s'en méfiait par moments. Il n'y avait guère que Madame Huette qui savait tout un tas de petites choses qui facilitent l'existence et son fils qui lui apportaient un peu de distraction. Oh, elle n'était pas triste, elle avait toujours eu un fond joyeux, mais la lassitude se faisait souvent la plus forte, comme une grande langueur, une sorte d'après-midi d'hiver qui ne finirait jamais.

Adrien avait roulé vite pour atteindre le supermarché. Charlotte avait toujours eu horreur de la vitesse. Mais elle se tut de peur de déclencher une réflexion désagréable. Il se gara sur une place réservée aux familles. « *Bon*, pensa-t-elle, *je ne dis rien, peut-être va-t-il se calmer maintenant que nous sommes là* ». Son fils l'aida à descendre de la voiture, ce qui ne fut pas une mince affaire.

Puis, elle prit son chariot ; les années l'avaient tellement rapetissée, qu'elle dépassait à peine de la poignée. Doucement, elle le poussa. Elle allait enfin pouvoir choisir ce qu'elle voulait. Mais ce fichu Adrien était pressé, il souhaitait savoir si elle avait fait une liste. « *Une liste*, répondit-elle, *pour quoi faire, je ne suis pas encore gâteuse !* »
Son fils haussa les épaules et partit se promener dans les rayons.

Charlotte sentit le cafard l'envahir, pas seulement par la faute de son fils, mais à cause aussi de la musique diffusée et du nombre incroyable de vieux qui faisaient leurs courses. Ils avaient tous l'air si renfrognés, surtout les bonshommes, qu'elle aurait voulu déguerpir en quatrième vitesse.

Mais de belles clémentines à feuilles lui tendirent les bras. Elle en prit un kilo, puis quelques pommes et une mangue ! Elle adorait ce fruit, et tant pis pour le prix !

Elle acheta ensuite des yaourts, un camembert découpé en portions. Ainsi elle ne gâcherait rien. Deux tranches de jambon et des carottes râpées. Elle se dirigea ensuite au chocolat. Ah, ça, le chocolat c'était son péché mignon! Elle prit six tablettes d'un coup! Elle avait entendu dire par Madame Huette que le mot péché voulait dire en grec ancien : louper sa cible. Hé ben, elle, elle ne loupait pas sa cible! Puis elle voulut se diriger vers le rayon des eaux, mais elle eut un trou de mémoire. Elle ne savait plus pour quelle direction elle devait opter. Heureusement Adrien arrivait. Charlotte, pour ne pas lui montrer sa défaillance, lui demanda de prendre le chariot pour aller chercher les bouteilles d'eau. Rapidement il s'en saisit et elle dut courir derrière. Il avait fini de charger les packs quand elle le rejoignit. Un peu essoufflée, elle voulut savoir s'il n'avait besoin de rien.

- *Non,* répondit-il, *on y va ?*

- *Je dois encore prendre des surgelés, mais tu es sûr que tu ne veux rien ?*

- *Non, non combien de fois faut-il que je te le dise ?* fit-il impatient

Charlotte se sentit mal… Elle ne savait pas quoi faire pour raccommoder les choses, pour faire en sorte qu'il ne se soit rien passé car les êtres, les objets venaient de perdre le lien qui les unissait. Elle n'existait plus, son fils n'était rien pour elle, elle n'était rien pour lui et ses courses s'avéraient sans importance.

Ils se rendirent en silence au rayon du froid…

Charlotte, le corps à moitié penché dans le bac des surgelés, pensait, tout en hésitant entre une portion de gratin de courgettes, un saumon à l'oseille ou un petit bœuf bourguignon que c'était pénible d'avoir à supporter la bêtise de son fils…

De petites parts, elle n'avait plus droit qu'à ça de la part de la vie, de petites parts.

Avec sa mère ce n'était pas pareil. Elle était merveilleuse, elle la suivait partout… Sa mère lui souriait beaucoup et ses yeux pétillants la mangeaient. Qu'il était doux de se faire peur et de se réfugier contre sa poitrine. Elle n'avait jamais vu sa maman triste, la vie pour elle était un cadeau, certainement pas un fardeau. Charlotte fredonna dans sa tête une des chansons que sa maman lui chantait quand elles se promenaient toutes les deux : « *Nous n'irons plus au bois les lauriers sont coupés, la belle que voilà, ira les ramasser. Entrez dans la danse, voyez comme on danse, sautez, dansez, embrassez qui vous voudrez…* » Pendant ce temps se forma une goutte sur le bout du nez de Charlotte, qui tomba sur les glaçons. Charlotte se crut un instant une Inuit sur la banquise !

Un « *alors !* » péremptoire et énervé la sortit de sa rêverie et elle choisit deux coquilles Saint-Jacques, un plat qu'elle n'aimait pas du tout.

Il fallait encore qu'elle prenne des biscottes. Adrien lui fit remarquer que c'était près des fruits et légumes, que cela les obligeait à faire le chemin inverse, alors que si elle y avait pensé, ils auraient gagné du temps et de l'énergie. Charlotte s'excusa et pour se montrer gentille et docile ajouta qu'elle pouvait très bien s'en passer, que ce serait pour la prochaine fois. Mais non, Adrien se fit un point d'honneur à aller les chercher pendant qu'elle l'attendrait tranquillement là. Charlotte accepta. Soudain elle se souvint qu'elle avait oublié la confiture d'orange de Madame Huette, elle en prenait toujours une tartine avec son thé. Aussitôt, du plus vite qu'elle put, elle se rendit à l'allée « *épicerie sucrée* »… Le pot était bien trop haut pour elle, un employé lui demanda s'il pouvait l'aider, elle lui montra la confiture qu'elle ne pouvait attraper et dit sans réfléchir :
- *Jeune homme pourriez-vous passer une annonce au micro, j'ai perdu un enfant dans le supermarché.*
- *Ha, bien sûr et comment s'appelle-t-il ?*
- *Adrien* répondit-elle.
L'employé, fier de rendre service, se précipita à la banque d'accueil et quelques secondes après on entendit :
- *Sa grand-mère cherche son petit Adrien chéri, s'il l'entend qu'il vienne à la sortie, on l'attend.*

Pendant ce temps, Charlotte se rendit tranquillement aux caisses. C'est dans la queue qu'Adrien la rejoignit et quand ce fut leur tour de déposer les marchandises sur le tapis roulant, il le fit à

toute allure tout en soufflant par ses narines dilatées son énervement.
Elle aurait voulu lui dire qu'elle ne l'avait pas fait exprès, mais elle se doutait bien qu'il ne la croirait pas.

Quand ils furent arrivés à la maison, Adrien, vite, déchargea et rangea les courses sans dire un mot.
Et en montant dans la voiture il lui dit : *« Tu as bien raison maman, lundi prochain, je prendrai plus de temps. »*

Charlotte l'embrassa sur le front et le regarda partir… Alors qu'elle s'apprêtait à rentrer, Madame Huette vint la voir. Toutes les deux, en silence, pénétrèrent dans le salon, s'assirent l'une en face de l'autre, se regardèrent en souriant comme des gamines de neuf ans car elles savaient qu'elles avaient, l'une comme l'autre, bien des choses à se raconter… qu'il y en aurait au moins pour la journée.
Mais d'abord Charlotte alla préparer un bon thé, accompagné d'une tartine de confiture d'orange.

P'tite dame

P'tite dame avait la peau de la texture d'un flan, d'une couleur bien moins jaune, tirant plutôt sur un blanc crayeux. Depuis qu'elle avait perdu son mari, elle s'habillait avec une touche de noir pour montrer qu'elle était triste et elle l'était. Elle parlait à qui voulait bien l'entendre de son époux qui n'avait pas les qualités d'un homme sans histoire (s'il en existe). Il buvait avec les copains, fumait comme un paquebot, travaillait dur, rentrait tard le soir et dépensait tous les sous du ménage.
- *Les mille deux-cents balles de ma retraite y passaient,* disait-elle, *maintenant qu'il n'est plus là, je sens que ça va mieux. Moi, j'ai juste besoin de huit ou neuf euros par jour pour manger... Ces gars qui font la vie, ils partent vite, c'est impossible de les retenir.*

Elle n'attendait pas forcément qu'on lui réponde P'tite dame, elle voulait qu'on l'écoute, c'est tout. Elle était d'une simplicité étonnante, qu'on pouvait prendre à première vue pour de la bêtise. Un tissu de pensées cousues de lieux communs, jamais méchants, mais la dévoilant souffrant comme une bête sans défense qui accepte son destin ; celui d'être malmenée par une existence qu'elle ne pouvait comprendre. Sa réflexion s'arrêtait au bout de son nez. Ce qui ne l'empêchait pas d'être touchée par les grandes et les petites misères du monde. P'tite dame anonyme parmi les anonymes, parmi les sans-grade, parmi les sans culture, parmi les exclus de la modernité, qui voyait bien qu'il lui manquait quelque chose pour faire dix, mais qui ne savait pas quoi exactement, tentait au jour le jour de ne pas sombrer dans la mélasse du cafard. Elle se débattait obstinément comme un insecte pris dans un piège. Cependant, elle n'en voulait à personne. Elle ne vivait pas son sort comme celui de la victime d'une fatalité brutale, non c'était ainsi et cela valait pour ce que ça devait être et rien d'autre.

Depuis son plus jeune âge P'tite dame avait fait du ménage et du repassage. Aujourd'hui, quand elle avait briqué toute la maison, elle s'asseyait au bout de la table de la salle à manger en face de l'étagère où furent posées les cendres de son mari. Elle passa noël avec parce que ses enfants lui avaient promis qu'ils iraient en février les jeter dans la mer pour son anniversaire. Mais ils avaient changé d'idée et elle ne savait pas quand ce serait fait...
Cela l'angoissa...
Elle en eut assez... Alors elle les mit dans la cabane du jardin sur l'établi, au milieu des outils du défunt.

Elle regrettait que son époux, son zozo, comme elle le nommait n'ait pas pris soin de lui : « *Il aurait fallu qu'il consulte plus tôt et quand ça a commencé à mal tourner, c'était trop tard, le médecin me l'a dit dans le couloir. Il est rentré à la maison parce qu'il n'y avait plus rien à espérer et un matin, il s'est senti mal, j'ai appelé ma fille. Son copain est venu avec elle, je voulais qu'il l'emmène à l'hôpital, mais il n'a pas voulu, il avait peur qu'il meure dans sa voiture. Le pauvre garçon avait raison... ma fille a prévenu les pompiers, ils l'ont monté dans l'ambulance, là ils ont essayé de le maintenir... il est mort devant le portail... Ça n'a pas pris de temps... que voulez-vous ?... Vous voyez, aujourd'hui, les voisins qui venaient le voir, parce qu'il rendait bien des services, hé ben, moi quand ils m'aperçoivent, je sais bien qu'ils se planquent, qu'ils ferment leur porte en cachette... C'est pour lui qu'ils étaient là... je demande rien, mais je trouve ça triste... je ne veux déranger personne... Il y a pas si longtemps, je suis allée à la banque avec ma carte d'identité et mon livret de famille pour bien montrer qui j'étais, parce que mon zozo, c'est lui qui faisait les dépenses et la banquière a été bien surprise de me voir pour la première fois, vu que ça faisait vingt ans qu'on était mariés...* »

On aurait pu être gêné par ce qui pouvait être perçu comme un déballage impudique, pas avec P'tite dame, parce qu'il n'y avait aucune mise en scène, aucune envie de se faire plaindre…

Pourquoi se racontait-elle ainsi ? Pour mettre de l'ordre dans son existence ? Pour se dire : *voilà c'est ce récit de moi qui va me soutenir parce que sinon je ne suis rien et ce rien va m'engloutir ?*

De ses enfants, elle en parlait aussi sans masques et sans cachotterie :

- L'aîné, le Fifi, il est comme son père, à travailler de ses mains, à se les abîmer, à gueuler sur les chantiers et à rentrer le soir fatigué, sans oublier les cafés en fin de semaine…

Ma fille, la Marie c'est autre chose, elle est appliquée, gentille, une fille c'est pas pareil…

Elle travaille à la poste avec des horaires décalés. Une semaine de quatre heures du matin à midi et l'autre de vingt heures à quatre heures. Elle est épuisée, des plaques dans le cerveau sont apparues. Le neurologue dit qu'elles sont dues à un accident de plongée quand elle était jeune.

Le dernier, lui, le Marco il a fait des études… à quarante ans. Il est intelligent, trois ans qu'il a passé sur les bancs de l'école à Rouen.

Il n'est pas comme nous, il est à part. Je ne le comprends pas toujours et je ne sais pas s'il nous comprend encore… il n'est pas avec nous quand nous sommes ensemble et je ne crois pas qu'il le soit avec les autres… ceux qui ont des diplômes, comme lui… Pour le Marco, je me demande si c'est bien au fond.

Elle avait l'air triste en répétant « *Je me demande si c'est bien au fond.* »

Et puis un jour P'tite dame ouvrit la cabane du jardin, mit les cendres de son mari dans un sac de voyage et partit en train à la mer.

La chambre sans porte

Voilà vingt ans que Victor O était dans sa chambre-lit. Il y faisait à peu près tout ; la cuisine, sa toilette, ses soins et sa maigre lessive. Il allumait rarement la lumière, celle des réverbères de la rue lui suffisait.
Il avait des livres, qu'il n'avait jamais terminés. Son esprit s'évadait et il se trouvait à la fin d'un ouvrage sans en avoir gardé aucun souvenir. Il suffisait d'un mot, d'un néologisme, d'une ellipse, d'une figure de style pour qu'aussitôt il soit dans un ailleurs dont il n'avait pas vraiment conscience.
Victor O ne sortait pas de sa pièce sous les combles, qu'il appelait la chambre sans porte.

Cela lui prit comme ça. Certains imaginent qu'un évènement déclencheur fait basculer une vie, alors ils recherchent l'instant, la cause exacte de cette perte d'exaltation de vivre, de sens. Mais, lui, il n'avait pas d'idée là-dessus… et pour quoi faire ?

Ce qu'il pouvait s'en dire, c'est qu'il revenait du café après avoir bu une bière avec Émilie son amie, une jeune étudiante en droit des entreprises comme lui. En gravissant les escaliers usés, il s'était dit qu'elle n'aurait jamais l'étoffe d'une héroïne de roman. D'ailleurs aucune femme ne pouvait l'être réellement. Quant à lui, il savait pertinemment et depuis toujours qu'il ne serait pas un héros. Ces mythes mensongers, pensa-t-il, en glissant sa clef dans la serrure, sont des fables pour rendre supportable une ba-

nalité désespérante, cruelle et sans poésie. Il ajouta aussi que de toute façon, il ne pourrait rendre quiconque héroïque, il se voyait bien trop futile pour ce rôle. L'Homme lui apparut alors comme un animal imaginaire broutant dans de vastes plaines les herbes folles de l'illusion.
Puis Victor O s'allongea et ce fut fini.

Émilie, des amis et sa mère vinrent toquer, l'appeler, le supplièrent, lui laissèrent des messages. En vain.

Il abandonna toutes ces béquilles numériques que sont les ordinateurs, les téléphones, les montres, les minuteries dont naissent tels des cafards, les rappels, les sollicitations, les contrôles de tous ordres, les gratifications, l'activation des circuits de la récompense, la peur de ne plus être informé… puis il glissa ces objets connectés sous son sommier et la poussière recouvrit lentement leurs exosquelettes.

Après un an, plus personne ne chercha à le voir. Pas même sa mère qui mourut entre-temps de chagrin. Tout lien s'était dissous.

Il se dit un jour de grosse chaleur : *« Je me dois la vérité, une partie de moi est partie avant que je ne m'enferme. Enfermé n'est pas le mot. Claquemuré ? Non. Réfugié ? Non. Caché ? Non plus.*
Ou alors n'ai-je pas voulu être ? Ou pu être, tout simplement ? Ou bien encore : suis-je vraiment ?
À moins que je ne sois un lâche, qui a eu peur de perdre et préféré ne rien gagner. »

La température était si élevée sous le zinc du toit qu'il perdit connaissance. C'est trois jours plus tard qu'il émergea, la bouche sèche et des crampes au ventre.
Il se lava, mangea un peu, s'assit devant la fenêtre et contempla la rue pendant des heures et des heures, la nuit aussi, sans rien ressentir. Il ne sut combien de temps il resta sans dormir.

Mais quelle importance puisque tout se tenait dans un moment unique qui n'était ni le passé, ni le présent, ni le futur.

C'est Monsieur Levsky qui lui faisait ses courses en échange d'un petit billet. Les repas de Victor O, pris quand il avait faim, ou qu'il pensait à manger, étaient essentiellement composés de biscottes trempées dans du lait, de jambon blanc, parfois d'œufs au plat et de haricots verts mangés à même la boîte.

Ce brave homme protégeait Victor O car certains habitants lui en voulaient, sans savoir pourquoi. Ils n'aimaient pas ce « *quelqu'un* » qui vivait cloîtré. C'était dérangeant à la fin, anormal. Ne fallait-il pas l'hospitaliser ? L'expulser ? Et quel exemple pour les enfants ?
On n'était plus au Moyen-Âge où des hommes et des femmes vivaient reclus volontairement, où certains s'étaient fait emmurer vivants !

Monsieur Levsky argumenta que, pour Victor O, cela n'avait rien à voir avec une quelconque volonté, qu'il était ainsi et ne voulait nuire à personne, qu'il ne recherchait aucune rédemption, alors pourquoi s'en soucier, y voir un danger ?
On lui donna la responsabilité de Victor O et il serait le seul coupable s'il lui arrivait malheur. Monsieur Levsky jura qu'il veillerait à ce que rien de néfaste ne survienne.

Cette absence où Victor O ne décrochait pas de la fenêtre à regarder sans voir, à entendre sans écouter le reprit en automne de l'année suivante et dura probablement jusqu'au début du printemps. Mais cette fois-ci son esprit quitta son corps pour vivre dans les murs de l'immeuble. Il avait la pleine conscience qu'il pouvait bien mourir, mais qu'il existerait toujours, dans les pierres, la charpente, les tuiles, les fenêtres, les escaliers de l'habitation. Quelque temps après, son être s'aventura dehors, il emprunta le trottoir d'en face, frôla des vitrines, bifurqua sur la rue de gauche, continua à marcher et enfin s'arrêta sur le rond-point

d'une petite place déserte, peut-être triste et sans intérêt pour qui la voyait pour la première fois, mais que Victor O reconnut tout suite. C'était celle de son enfance, un petit garçon jouait avec une brouette à peine esquissée, fondant presque dans la lumière du soleil et pourtant si présente… Victor devint le sourire de *« L'enfant à la brouette »…*
Lorsqu'il revint à lui, il avait maigri de quelques kilos et une douce joie sucrée, profonde, sans à-coups coulait dans ses veines.

Quand ?

Quand exactement ?

Toujours est-il que cette part, ce côté de lui-même qui avait disparu vingt ans plutôt fit intrusion chez lui. L'homme-part était assis sur le bord du lit, transpirant, gluant, se tordant, respirant avec peine.
Émilie et lui avaient réussi. Ils possédaient une belle maison qui donnait sur la cathédrale.

Le couple recevait beaucoup et toute la notabilité l'appréciait énormément. Leur entreprise était florissante. Leurs deux filles poursuivaient de bonnes études. Il n'en voulait à personne, surtout pas à Émilie. Mais quand on a des enfants on se doit de leur donner le meilleur. Alors que souhaitait-il de plus ?

Il n'arrivait pas à se départir de l'affreux sentiment d'être une marionnette, un homme de peu, un triste imposteur toujours à la recherche de reconnaissance : il ne supportait plus rien et plus rien ne le portait.

Certes il ne pensait pas au suicide. Mais il ne se voyait pas continuer ainsi, la souffrance était telle par moments qu'un mal de tête insupportable lui écrasait les tempes. À d'autres instants, il avait envie de hurler, sans aucune raison. Il ne pouvait pas non plus écouter quelqu'un parler trop longtemps sans qu'une terrible envie de fuir ne le prenne.

À chaque instant, il craignait d'être pris de suffocation. Plusieurs fois il dut quitter des réunions, des dîners d'affaires. D'ailleurs on commençait à jaser. Il avait même entendu au détour d'un couloir en sortant des toilettes : « *Tiens, il baisse.* » Afin de cacher à Émilie sa perte de contrôle, il avait inventé des déplacements qui l'obligeaient à dormir à l'hôtel. Heureusement, elle ne vérifiait rien, elle avait en lui une confiance absolue.

Et il se mit à le haïr. Oui, c'était de sa faute si lui, Victor O, se trouvait dans cette impasse infernale. Pourquoi l'avait-il abandonné ? Était-il si méprisable déjà en ce temps ?
Il le traita de traître, d'ordure et de cadavre nauséeux. Puis il s'écroula en pleurs, le suppliant de lui pardonner.

Plusieurs jours plus tard lorsque le brave Monsieur Levsky entra dans la chambre, pour lui apporter des œufs et des haricots verts, la pièce n'était plus habitée.
Au-dessus du lit, sur le mur était écrit d'une main tremblante :

> *Cher Monsieur Levsky, je vous remercie pour tout ce que vous avez fait pour moi au cours de ces dernières années. Vous m'avez protégé, gloire à vous. Je suis parti avec Victor O le chef d'entreprise bien connu. Il est donc inutile de vous soucier de ce qui pourrait m'arriver. Mais retenez que grâce à votre immense bienveillance, j'ai été un instant le sourire de « L'enfant à la brouette » de Pierre Bonnard et c'est inestimable. V.O*

Titres Rivière Rouge :

Déjà parus :

- Jours tranquilles à Natanz de François Magne (voyages littérature)
- Bleu Moteur de Geneviève Besse-Houdent (récit/essai)
- La vie en strapontin de Éric Herbette (nouvelles)

À paraître

- Citadell de François Couteau (roman - fantastique médiéval)
- L'affaire Panama de Régis d'Isarn de Villefort (roman - aventure)
- Mon passé décomposé de Carmen Dintrich (roman)
- L'enfant des trois soleils de Corinne Denailles (récit)

Du même auteur chez Tertium Éditions :

- *L'Errance d'Anna (Théâtre)*
- *L'aimante (Théâtre)*
- *Patatrac et Comment ça S'appelle (Théâtre jeunesse)*
- *Comment Dulcinée Tabasco a voulu mourir (Théâtre)*
- *Même pas câblé (Théâtre)*
- *Le chien de Bernie (Théâtre)*
- *L'oiseau de feu - D'après le conte d'Alexandre Afanassiev, Illustration Aliocha Gouverneur. (Album jeunesse)*

Achevé d'imprimer
par SEPEC NUMÉRIQUE
à Péronnas - France
en décembre 2022

ISBN 978-2-494119-05-5

Dépôt légal 4e trimestre 2022

Rivière Rouge
1 Place de l'Église – 46160 Cajarc
Tél. 09 62 03 18 96 contact@riviere-rouge.fr

PEFC 10-31-3532 / Certifié PEFC / Ce produit est issu de forêts gérées durablement et de sources contrôlées. / pefc-france.org